ullstein

Das Buch

Das große Kaffeetrinken am 1. Advent hat bei Familie Sommer Tradition. Doch dieses Jahr steht Sophia nicht der Sinn danach. Sie hat alle Hände voll zu tun, seitdem sie in einer renommierten Werbeagentur eine bundesweite Kampagne für gesunde Ernährung leitet. Omas kalorienreiche Plätzchen, die Ausgelassenheit und der Trubel im Hause Sommer passen einfach nicht zu dem Leben, das sie sich aufgebaut hat. Und das lässt Sophia beim Adventskaffee auch alle spüren. Ihre kleine Nichte Annabell ist darüber ganz besonders traurig. Und plötzlich wird es still in Sophias Leben. Viel zu still. Selbst ihr Freund Lukas hat auffällig viel zu tun in letzter Zeit. Sophia beginnt nachzudenken und erkennt, dass sie auf die zugehen muss, die sie vor den Kopf gestoßen hat. Wird Weihnachten doch noch zum Fest der Liebe und Versöhnung?

Die Autorin

Kerstin Hohlfeld, geboren 1965 in Magdeburg, studierte von 1985 bis 1991 Theologie in Naumburg und Berlin. Danach gründete sie eine Familie und verlegte sich aufs Schreiben. Sie hat bereits mehrere Romane veröffentlicht.

KERSTIN HOHLFELD

Bevor es Weihnachten wird

Roman

Ullstein

Besuchen Sie uns im Internet:
www.ullstein-buchverlage.de

Originalausgabe im Ullstein Taschenbuch
1. Auflage Oktober 2018

Umschlaggestaltung: bürosüd° GmbH, München
Titelabbildung: © www.buerosued.de
Innengestaltung: deblik Berlin
Gesetzt aus der Quadraat Pro powered by pepyrus.com
Druck und Bindearbeiten: CPI books GmbH, Leck
ISBN 978-3-548-29174-1

Kapitel 1

Über Nacht war Festtagsstimmung aufgekommen in Berlin mit allem, was dazugehörte – die Schaufenster der Läden bunt geschmückt, funkelnde Lichterketten, wo das Auge hinsah, glitzernde Tannenbäume und Weihnachtsmärkte, die nach Glühwein und gebrannten Mandeln dufteten. Ein paar Tage vor dem ersten Advent schmückte sich die Stadt, um schneidender Kälte unter einem winterlich grauen Himmel so viel Glanz wie möglich entgegenzusetzen.

Sophia eilte hinter ihren Kollegen her, die eine Viertelstunde vor ihr in die Mittagspause aufgebrochen waren. Sie hatte noch ein Telefonat zu Ende bringen müssen. Meller, der wichtigste Ansprechpartner des Auftraggebers, für den ihre Agentur gerade arbeitete, war ein sehr anspruchsvoller Mensch. Und er warf gerne im letzten Augenblick seine eigene Meinung über den Haufen. Sophia hatte ihre liebe Not, ihn bei Laune zu halten. So mancher unliebsame Anruf landete bei ihr, denn sie leitete seit ein paar Monaten das Team der Kreativen. Eine Aufgabe, die sie mit Stolz erfüllte, aber auch für eine gewisse Anspannung sorgte. Jetzt, kurz vor Abschluss der Kampagne, fühlte sie sich manchmal einfach nur noch geschafft. Und müde.

Prompt hatte Sophia heute Morgen verschlafen und war deshalb notdürftig geschminkt und ohne Frühstück aus dem Haus gestürmt. Sie hatte die Pause kaum erwarten können. Der Italiener, bei dem sie und ihre Kollegen gern ihren Lunch einnahmen, bot seine Speisen mittags als Büfett an. Sie liebte italienisches Essen wegen seiner Frische und Vielfalt. Schon bei dem Gedanken an den Duft von gebratenen Scampi lief Sophia das Wasser im Munde zusammen.

»Hiiiier, Sophia!« Melissa, die alle nur Mel nannten, winkte.

Ihre Kollegen hatten einen Tisch am Fenster mit Blick auf den Gendarmenmarkt besetzt und aßen bereits.

»Bestellt ihr mir ein Wasser mit, wenn der Kellner kommt?«, bat Sophia. »Ich hole mir rasch mein Essen.«

Wenig später nahm sie neben Mel Platz und wünschte ihren Kollegen einen guten Appetit.

»Dir auch«, sagte Mel mit einem Nicken in Richtung von Sophias üppiger Mahlzeit. »Aber den hast du ja bereits, wie man sieht.«

Die anderen drei lachten. Am lautesten wieherte Andrea, die gerade unter Einbeziehung der halben Agentur eine Diät durchzog, wie jeden Mittag ein paar Salatblätter auf ihrem Teller hin und her schob – ohne Öl natürlich – und dabei so tat, als wäre sie satt, während sie das Essen der anderen mit Blicken verschlang.

»Ich hab nicht gefrühstückt«, nuschelte Sophia und spürte, dass sie errötete.

»Frühstück, was ist das?«, fragte Mel. Und wieder lachten alle.

Sophia blieb der erste Bissen im Hals stecken.

»Nun hau schon rein!«, sagte ihr Kollege Michael, zückte sein Handy und fotografierte sie. »Ich melde dich schon mal zum nächsten internationalen Wettessen an.«

»Was soll das?«, fauchte Sophia. Sie war sauer. »Das ist nicht mehr lustig!«

»Ist ja schon gut. Reg dich nicht auf!« Michael grinste und zuckte gelangweilt die Schultern. »Ich muss los. Guten Appetit allerseits.« Einen letzten spöttischen Blick auf Sophias mit Gemüse, Fisch und Meeresfrüchten beladene Platte konnte er sich jedoch nicht verkneifen. Auf seinem Teller lag ein nur halb aufgegessenes Steak.

Die Frage, ob er wohl ebenfalls Diät hielt, schoss Sophia durch den Kopf. Sie legte die Gabel nieder.

»Ich verzieh mich auch«, sagte der zweite Kollege am Tisch.

Die drei Frauen blieben allein.

Sophia nahm ihr Besteck wieder auf, pickte am Gemüse herum und zerschnitt einen Tintenfischring umständlich in vier Teile. In ihrem Magen saß plötzlich ein Kloß. Dabei hatte sie sich so auf die Mittagspause gefreut.

»In zwei Wochen ist Weihnachtsfeier«, nahm Andrea einmal mehr ihr aktuelles Lieblingsthema auf. »Wetten, dass ich bis dahin locker in die 38 passe?«

»Und ich in die 34!«, legte Mel nach.

»Du bist auch auf Diät?«, fragte Sophia überrascht. Ihre Kollegin war nun wirklich gertenschlank.

»Und du Süße machst es andersherum«, erwiderte Mel. »Wetten, du wirst es bis Größe 40 gebracht haben, wenn du so weiterisst?«

Sie lachte, offensichtlich zufrieden mit ihrem Scherz, der Sophia endgültig die Kehle zuschnürte. Sie hasste Anspielungen auf ihre Figur. Gab es kein anderes Thema, über das sie sich unterhalten konnten? Zumal sie heute Morgen bei einem kritischen Blick in den Spiegel bereits gesehen hatte, dass eine ihrer Blusen am Bauch ein wenig spannte. Ihr eilig herbeigerufener Freund Lukas wollte ihren Eindruck zwar nicht bestätigen, aber Sophia beschied ihm, eine rosarote Brille aufzuhaben, und grämte sich. Eigentlich wäre es gar nicht so schlecht, ab und zu mal das Frühstück wegzulassen. Aber das Mittagessen auch noch?

»So ein Quatsch!« Sie tat so, als ob Mels beißender Spott sie nicht verletzte, lachte und schob ihren vollen Teller beiseite. Wenn sie jetzt Schwäche zeigte, würden die Hänseleien ihrer Kollegen blitzschnell zum Selbstläufer werden. Erst neulich hatte eine Mitarbeiterin aus ihrem Team gekündigt. Und als Grund dafür Mobbing angegeben. Sophia warf einen Blick hinüber zu Mel und Andrea. Die beiden waren lieb wie Kätzchen. Wenn sie jemanden mochten. Nahmen sie jedoch eine Person aufs Korn, hatte diese nicht mehr allzu viel zu lachen. An dem Abgang ihrer Kollegin jedenfalls waren sie nicht ganz unschuldig. Sophia hatte sich herausgehalten. Seit sie zum ersten Mal eine Kampagne leitete, sah sie kaum noch von ihrer Arbeit auf. Diese Verantwortung war weiß Gott Herausforderung genug. Waren Mel und Andrea gerade auf der Suche nach einem neuen Opfer? Aber nicht mit ihr!

»Wir beide Größe 34, Andrea die 38«, sagte sie zu allem entschlossen. »Die Wette gilt.«

»Um was wetten wir?«, fragte Andrea.

»Der Verlierer muss bei der Weihnachtsfeier vor dem Chef auf dem Tisch tanzen«, schlug Mel vor. »Und zwar gleich nach dem Essen, also wenn alle noch nüchtern sind.«

»Du hast Ideen!« Sophia wurde schon jetzt mulmig bei dem Gedanken. Sie schüttelte den Kopf. Agenturchef Schneemann würde an dieser Art Scherz keinerlei Vergnügen finden. Sie durfte in diesem Wettstreit auf keinen Fall Letzte werden.

Andrea kicherte. »Abgemacht! Ich verliere sowieso nicht.«

»Ich auch nicht.« Mel hob ihr Wasserglas und zwinkerte Sophia zu. »Kneifst du jetzt doch? Machst dich lieber bei Schneemann lieb Kind?«

»Hab ich das nötig?« Sophia gab sich selbstbewusst. »Natürlich werde ich gewinnen.«

Die drei Frauen stießen mit ihren Wassergläsern an. »Auf die Challenge!«

»Auf die Challenge!«

»14 Tage für zwei Kleidergrößen! Für jede von uns.«

Der süßliche Duft, der über dem Weihnachtsmarkt auf

dem Gendarmenmarkt lag, raubte Sophia fast den Verstand, als sie das Restaurant verließen. Ihr Magen schmerzte leicht. Der Espresso, den sie bestellt hatte, um wenigstens etwas im Bauch zu haben, nachdem der Kellner ihr kaum berührtes Essen abgeräumt hatte, war keine gute Idee gewesen.

Die drei versprachen einander, sich gegenseitig mit den besten Tipps für eine schnelle Gewichtsabnahme zu versorgen. »Das soll ja auch ein Spaß für uns sein«, sagte Mel. »Und nicht nur hammerharte Konkurrenz.« Es klang scheinheilig.

»Ja, ein Spaß«, echote Andrea, die ihren Kollegen gern nach dem Mund redete.

Als Sophia Stunden später in der S-Bahn saß, fragte sie sich, warum sie sich auf diese absurde Challenge eingelassen hatte. Zwei Kleidergrößen in 14 Tagen, das war kaum möglich und nur durch größtmöglichen Verzicht zu erreichen. Das bedeutete, dass sie ab sofort kaum etwas essen durfte. Und ihr leerer Magen quälte sie jetzt schon. Sollte sie Mel und Andrea morgen sagen, dass sie es sich anders überlegt hätte? Vernünftiger wäre es. Sie betrachtete ihr Spiegelbild in der Fensterscheibe. Eindeutig, nicht nur ihr Bauch, auch ihr Gesicht war runder geworden. Die anderen hatten recht, sie war dabei zuzunehmen. Es war wie jedes Jahr zur Weihnachtszeit, wo an jeder Ecke süße Verführungen lauerten, an denen sie nicht vorbeikam. Zum Heulen!

Fresssack! Fresssack!, hallte es plötzlich in ihrem Kopf.

• • •

Oma stand mit einer großen Tüte Streuselschnecken in der Ladentür, als Sophia an ihr vorbei zur Schule lief. »Die kannst du mit deinen Freundinnen teilen!«

Sophia klatschte fröhlich in die Hände. »Die werden sich aber freuen! Danke, Omi!«

Hüpfend machte sie sich auf den Weg. Der Schulranzen tanzte auf ihrem Rücken. In der großen Pause könnte sie Johanna und ihre anderen Freundinnen zu einem kleinen Picknick unter dem Kastanienbaum einladen.

»Was hast du da?«

Julia und Isabella standen am Eingang zum Klassenraum und ließen sie nicht durch.

»Nichts«, sagte Sophia und presste die Papiertüte an sich.

Die beiden lachten. Es klang nicht freundlich. Sophia blieb auf der Hut, während sie sich hilfesuchend nach ihren Freundinnen umsah. Die Finger, die plötzlich von hinten nach der Tüte griffen, hatte sie nicht kommen sehen. Nils war zwei Köpfe größer als sie. Und er tat alles, was Julia ihm sagte. Ein leichtes Nicken von ihr genügte, und er riss Sophia die Tüte aus der Hand.

»Streuselschnecken!«, strahlte er und nahm sich eine. Dann reichte er sie an die Mädchen weiter.

»Gib sie zurück!«, rief Sophia. »Das sind meine.«

»Das sind meine«, äffte Isabella sie nach. »Willst du die alleine auffressen? Kein Wunder, dass du so fett bist.«

»Nein, ich …« Sophia traten Tränen in die Augen, als sie sah, wie die drei vier der Streuselschnecken aßen und die letzte anschließend wie einen Frisbee lachend durch die Klasse warfen.

»Heulsuse!«

»Fresssack!«

»Moppelpoppel!«

Erst die Ankunft ihrer Freundinnen erlöste Sophia aus ihrem Martyrium. »Die sind blöd«, sagte Johanna und legte einen Arm um sie. »Mach dir nichts draus.«

»Mach ich auch nicht«, erwiderte Sophia.

Trotzdem stand die Neunjährige am Abend in ihrem Zimmer vor dem Spiegel und betrachtete sich unglücklich. Isabella hatte recht. Sie war dick. Ihr Sommerkleid spannte über dem Bauch und die Shorts vom letzten Jahr passten nicht mehr, wie sie entsetzt feststellen musste.

»Du bist doch nicht dick, du bist ganz einfach gewachsen«, sagte Mama, die dazukam, als sie mit Gewalt versuchte, den Reißverschluss der Hose nach oben zu ziehen. »Mein großes Mädchen wächst mir bald über den Kopf.«

»Ich will nicht dick sein!«, schluchzte Sophia.

»Aber das bist du nicht«, erklärte Mutter. »Du bist neun und du wächst noch. Was länger wird, wird auch ein bisschen breiter, das ist ganz normal.«

Die Worte waren lieb gemeint, überzeugten Sophia jedoch nicht. Julia und Isabella waren die hübschesten Mädchen in der Klasse, jeder fand sie gut, jeder wollte mit ihnen befreundet sein. Wen sie in ihren Kreis aufnahmen, der gehörte zu den beliebtesten Kindern der Schule. Sophia wollte genauso bewundert werden wie die beiden. Doch dazu musste sie dünn sein, sonst hätte sie nie eine Chance, von ihnen akzeptiert zu werden.

Oma rief zum Abendessen. Es gab Kartoffelsalat und Würstchen, eins von Sophias Lieblingsessen. Ihre jüngere Schwester Laura stürmte aus ihrem Zimmer in die Küche. »Komm, Sophia! Wir wollen essen!«

»Hab Bauchschmerzen! Kann nichts essen!«

Mutter musterte sie prüfend.

»Wirklich!«, beharrte Sophia.

Am nächsten Tag warf sie ihr Pausenbrot in den Müll.

Niemand würde sie jemals wieder Fresssack nennen.

Kapitel 2

»Ich bin so blöd! Wie kann man nur so unfassbar blöd sein?« Sophias Herz raste, ihr Puls jagte und sie begann, unter ihrem dicken Wollschall zu schwitzen, während sie ungläubig auf das Display ihres Handys starrte. Die drei Teenager, die sich zusammen auf die Bank ihr gegenüber gequetscht hatten, musterten sie neugierig und kicherten. Hatte sie das etwa laut ausgesprochen?

Sophia lockerte ihren Schal ein wenig, versuchte, die Halbwüchsigen zu ignorieren, während die S-Bahn durch den Tunnel ratterte und sie noch immer hoffte, sie würde nicht sehen, was sie sah.

Sie hatte kurz vor ihrem Feierabend eine Mail an Mel geschrieben und sich gewundert, dass nicht prompt eine Antwort kam. Mel antwortete immer. Sofort. Sie legte ihr Handy nur aus der Hand, wenn es sich gar nicht vermeiden ließ, egal, ob sie sich auf der Arbeit, dem Heimweg oder zu Hause befand. Vor allem, wenn es um ihre mittlerweile vier Tage andauernde Challenge ging, reagierte sie blitzschnell. Mel hatte in dieser kurzen Zeit schon mehr als ein Kilo verloren, Andrea sogar mehr. Sophia hinkte mit 700 Gramm Gewichtsverlust ziemlich hinterher, weshalb sie im Internet nach Tricks gesucht und den ultimativen Tipp gefunden hatte. Fair, wie sie war, hatte sie Mel und Andrea direkt davon in Kenntnis gesetzt. Zugegeben, der Tipp war abartig. Sophia würde ihn ganz sicher nicht ausprobieren, auch wenn sie in ihrer Mail großspurig so getan hatte. Schließlich hatten die drei einander versichert, dass sie bei dem ganzen Spiel hin und wieder ein bisschen was zu lachen haben wollten.

Als Sophia schließlich begriff, dass auch Starren auf ihr Display nichts an den Tatsachen änderte, war ihr absolut nicht mehr zum Lachen zumute. Inzwischen war ihr sogar vollkommen egal, was die Teenager gegenüber von ihr dachten.

Ja, sie hatte die Mail rausgeschickt, aber nicht an ihre Kolleginnen, wie sie vor zwei Minuten zufällig beim Checken ihres Postausgangs festgestellt hatte. Nie, aber auch niemals eine Mail abschicken, bevor Inhalt und Adressat überprüft worden waren! Grundregel Nummer eins. Aber Sophia war in Eile gewesen – es war Freitagabend und sie ohnehin die Letzte im Büro – und hatte deshalb nicht aufgepasst. Dazu kam, dass ihr Kopf sich aufgrund des permanenten Nahrungsmangels zeitweise wie mit Watte gefüllt anfühlte.

Ihre Mail war nicht an Mel rausgegangen, sondern an Meller. Ihr superpingeliger Auftraggeber! Und somit der Letzte, der von ihrem wirklich todsicheren Tipp für eine

Crashdiät erfahren sollte. Ausgerechnet von ihr, der kreativen und inhaltlichen Leiterin von Deutschlands bald größter Gesundheitskampagne!

Sophia war ruiniert! Würde man einen prominenten Vegan-Koch beim Currywurstessen erwischen, der Schock könnte nicht größer sein. Und alles was danach folgte: der Gesichtsverlust, die Häme, der Spott.

»Oh mein Gott«, stöhnte Sophia. Am Montag würde Meller ihre Mail lesen und danach wäre ihre Karriere beendet, noch bevor sie richtig Fahrt aufgenommen hatte. Sophia starrte aus dem Fenster auf die mit schmuddeligen Eisschollen getupfte Spree. Ein paar Enten schwammen auf dem schwarzen Wasser. Die ganze Stadt sah mit einem Mal schrecklich trostlos aus.

• • •

»Du hast was?«

Sophia hörte, wie Mel am anderen Ende der Leitung die Luft anhielt. Sie war eine Station eher ausgestiegen – die Hitze in der Bahn hatte sich mit jeder Station unerträglicher angefühlt – und lief jetzt durch ruhige, man könnte auch sagen ausgestorbene Seitenstraßen nach Hause. Warum wohnten sie und Lukas eigentlich nicht in Mitte? Oder im Prenzlauer Berg? In Friedrichshain? Warum im langweiligen Wannsee? Wo die Bürgersteige um 18 Uhr hochgeklappt wurden. Zu dieser Jahreszeit setzte außerdem die Dunkelheit früh ein und der ruhig daliegende See erschien düster –

genau wie ihre Stimmung. Vielleicht hätte der Anblick eines Weihnachtsmarktes ihr jetzt gutgetan oder sie zumindest abgelenkt: Kinder, die sich selig auf Karussells drehten. Erwachsene, die sich mit Glühwein zuprosteten. Und überall Lichterketten und Zuckerwatteduft.

»Ich habe euch eine Mail geschrieben. Mit einem Link. Und blöderweise vorm Absenden nicht noch mal gecheckt.« Sie holte tief Luft. »Und vor ein paar Minuten habe ich gesehen, dass sie zwar an Andrea rausgegangen ist, aber nicht an dich, sondern an Meller.« Nur mit Mühe konnte Sophia verhindern, dass ihre Stimme in ein Kreischen umschlug.

»Ja, und?« Mel blieb entspannt. »Das ist nicht toll, aber auch kein Beinbruch. Das kannst du Meller doch erklären.«

»Du kapierst es nicht«, jaulte Sophia. »Wenn Meller auf den Link klickt, bin ich geliefert.«

»Vielleicht macht er es ja nicht.«

»Glaub ich nicht.«

»Aber wenn er merkt, dass die Mail gar nicht für ihn gedacht war?«

Ein Strohhalm. Mel, die gerne die Schwächen und Fehler anderer Menschen aufs Korn nahm, erwies sich gerade als ungewohnt hilfreich. Sophia hatte ein wenig gezögert sie anzurufen, sich letztlich aber bei jemandem Luft machen müssen.

»Oh Gott, vielleicht hast du ja recht«, seufzte sie.

Meller war sehr korrekt, und es sah ihm nicht ähnlich, dass er wissentlich Mails las, die nicht für ihn bestimmt waren.

»Na siehst du!«, sagte Mel. »Was war das eigentlich für ein Link? Muss ja schlimm sein, wenn du dich so aufregst.«

Hastig fasste Sophia den Inhalt der Website zusammen. Kurz vor ihrer Haustür blieb sie stehen.

»Uups«, sagte Mel, und Sophia hörte sie schlucken. Oder unterdrückte sie ein Kichern? Diesen Gedanken verwarf Sophia sofort, als Mel mit offensichtlich besorgtem Tonfall weiterredete. »Das ist wirklich nicht lustig. Und das an Meller, den Papst der Päpste, den Gott der gesunden Ernährung, den ….«

»Siehst du!«, jammerte Sophia. »Was soll ich denn jetzt machen?«

»Beten, dass er den Link nicht anklickt?«, schlug Mel vor und klang plötzlich beunruhigt. »Oder beichten, falls du katholisch bist. Bist du katholisch?«

»Keine Ahnung!«, stöhnte Sophia. »Ich muss jetzt Schluss machen. Bin zu Hause.«

»Dann lass dich erst mal in die Arme von Lukas fallen, und am Montag überlegen wir, wie wir die Sache geradebiegen. Vielleicht hat Schneemann eine Idee.«

»Schneemann?« Sophia hatte das Gefühl, genauso dicht vor einem Nervenzusammenbruch zu stehen wie vor ihrer Haustür. Nur einen Schritt noch.

»Schneemann ist 'ne Bank, das weißt du doch. Der holt für jeden von uns die Kohlen aus dem Feuer und …« Mel stockte mitten im Satz.

»Ist dir gerade eingefallen, dass Schneemann mich nicht ausstehen kann, seit er …«

»… seit er gehört hat, wie du derb über ihn gelästert hast«, vollendete Mel Sophias Satz. »Ja. Ist mir eben eingefallen.«

»Was bin ich eigentlich für ein verdammter Pechvogel?«

»Bist du doch gar nicht«, sagte Mel, wobei sie nicht besonders überzeugt klang. »Mein Vater würde jetzt sagen: Da is die Kacke am Dampfen, Kleene!«

Wo Mels Vater recht hatte, hatte er recht.

• • •

In ihrer Wohnung roch es nach in Olivenöl gebratenem Knoblauch. Nach Rotwein und Basilikum. Offensichtlich hatte Lukas sich heute für die italienische Küche entschieden, weil er wusste, dass Sophia neuerdings um Essen im Allgemeinen und um allzu weihnachtlich Deftiges im Besonderen einen großen Bogen machte. »Hey, Schatz«, hörte Sophia ihn fröhlich rufen.

»Hey«, rief sie matt zurück, bevor sie sich auf die Bank im Flur plumpsen ließ und in Tränen ausbrach. Ihr Freund – er trug eine karierte Kochschürze über Jeans und Shirt kam augenblicklich aus der Küche und setzte sich neben sie.

»Was ist los?«

»Nichts«, schluchzte Sophia.

»Das sieht aber anders aus«, erwiderte Lukas.

»Ich kann nicht drüber reden.«

»Jetzt nicht? Vielleicht später?«

»Ja, vielleicht.«

Natürlich könnte sie ihm erzählen, dass sie eine Mail an den falschen Empfänger gesendet hatte, aber warum dieser Fehler einer Katastrophe gleichkam, musste ihr Geheimnis bleiben, denn würde sie ihm beichten, was in der Mail stand, würde ihr Freund dafür wenig bis gar kein Verständnis aufbringen. Schon als sie ihm vor ein paar Tagen von ihrer Challenge mit Mel und Andrea erzählt hatte, war seine Reaktion nicht besonders begeistert ausgefallen.

»Warum machst du dabei mit?«

»Ist doch lustig!«

»Findest du?«

»Nein, eigentlich nicht«, hatte Sophia seufzend zugegeben. »Ich wollte einfach nicht, dass sie mich weiter verspotten, und deshalb hab ich mich da reinziehen lassen.«

»Warum wird man neuerdings von seinen Kollegen verspottet, wenn man zu Mittag isst? Zumal wenn sie selbst vor gefüllten Tellern sitzen?«

»Lukas, bitte! Das verstehst du nicht.«

»In der Tat.«

»Wie auch immer. Ich komm da jetzt nicht mehr raus. Lass uns über etwas anderes reden!«

Zum Glück hatte er nicht länger nachgebohrt, sondern ihr an den folgenden Tagen abends, wie sie es wünschte, nur eine Gemüsebrühe gekocht.

Sophia lehnte ihren Kopf an seine Schulter. Es tat so gut, zu Hause zu sein.

»Du hast echt den most sexiest Boyfriend abgegriffen«, hatte Mel einmal über Lukas gesagt. Und Sophia konnte ihr nur glücklich beipflichten. Lukas war blond, mittelgroß, natürlich und dreitagebärtig, und obwohl er lieber dem Essen als seiner Fitness frönte, mit einem super Body gesegnet. Er war durch und durch ein Genießer und Kochen sein erklärtes Hobby. Sophia hätte es, bevor sie ihn kennengelernt hatte, nicht für möglich gehalten, dass Kochen sexy sein konnte. Zumal bei einem Mann.

Sie aß gern, was er zubereitete. Und der Duft aus der Küche war auch heute, am vierten Tag, an dem sie sich ausschließlich mit Äpfeln, Tee und Brühe über Wasser hielt, mehr als verlockend.

»Du hast Pasta gemacht?«, fragte sie.

Er nickte. »Heute auch für dich. Ich finde, nach vier Tagen Gemüsebrühe brauchst du mal was zwischen die Zähne, Schatz!«

»Oh nein! Nein!«, wehrte sie ab. »Ich esse nichts davon!«

Aber Lukas ließ dieses Mal nicht locker. »Euren seltsamen Wettkampf hin oder her, du hast einen stressigen Job, das Fasten passt aktuell überhaupt nicht dazu, und ich habe nicht vor, zuzulassen, dass du vor Hunger die Nerven verlierst.« Für seine Verhältnisse – er regte sich nicht sonderlich schnell auf – klang er mehr als ärgerlich. »Du bist superschlank, und ich habe keine Ahnung, warum du dir von Mel und Konsorten so einen Blödsinn diktieren lässt.«

»Bist du sauer?«

»Nicht sauer.« Er sah sie an, und sie las aufrichtige Zuneigung in seinem Blick. »Nur etwas verständnislos. Du bist eine wunderschöne, erfolgreiche Frau, die beste, die ich mir wünschen kann. Warum lässt du dich auf kindische Spielchen ein?«

Sophia seufzte, doch dann schüttelte sie energisch den Kopf. »Du weißt doch, wie das bei mir im Job läuft. Ich kann nicht aufhören, weil ... Es geht nicht allein um das Thema Essen. Da hängt so viel mehr dran. Ich muss mich dort jeden Tag aufs Neue beweisen, kann jetzt nicht schlappmachen, ohne dass die anderen denken, ich wäre auch sonst nicht stark genug.«

»Ich versteh schon, aber trotzdem musst du dich mal fragen, was eine Hungerkur eigentlich mit deiner Qualifikation im Job zu tun hat.«

Sophia wurde das Gespräch zunehmend zu viel. Er wäre, egal wie lange sie auch redeten, mit ihrem Ziel sowieso nicht einverstanden. Sie musste es schaffen, dass Größe 34 locker an ihr saß und nicht eng wie eine Wurstpelle. Und die Zeit lief ihr weg. Sie hatte trotz Radikaldiät von den dreien bisher am wenigsten abgenommen. Auch wenn Lukas es lieb meinte, eine abendliche Mahlzeit bestehend aus Linguine mit Olivenöl, frischem Basilikum und gehobeltem Parmesan war einfach nicht drin. In seinen Augen war das ein einfaches Essen, nach dessen Genuss man sich nicht nur satt, sondern auch zufrieden fühlte. Sophia hingegen würde sich heute und in den kommenden Tagen ausschließlich dann zufrieden fühlen, wenn sie es schaffte, von einer solchen Mahlzeit nur die Blätter des Basilikums zu essen. Vielleicht einen kleinen Schluck Wein dazu, denn der entspannte ihr in der Tat gereiztes Nervenkostüm.

Sollte sie ihrem Freund doch erzählen, welchen Link sie Mel beziehungsweise Meller (arrrrghhhh!) geschickt hatte?

Besser nicht. Er hatte von Anfang an kein Verständnis für ihre Challenge gehabt und würde ihr die Leviten lesen, dass sie sich zur Verbreitung solchen Irrsinns hinreißen lassen hatte. Auch wenn sie behauptete, der Link wäre mehr als Witz von ihr gemeint gewesen.

»Lass uns über was anderes reden!«, bat Sophia.

»Meinetwegen.« Lukas nickte. »Ehe ich es vergesse, deine Mum hat vorhin angerufen.«

»Ach ja?« Müde zog sich Sophia die Stiefel von den Füßen und ging hinter Lukas her in die Küche.

»Vielleicht willst du sie zurückrufen und mit ihr ein bisschen quatschen?«, fragte er. »Ich decke derweil den Tisch, das Abendessen ist gleich fertig. Können wir uns drauf einigen, dass du wenigstens einen Salat isst?«

Sie nickte, zu erschöpft, um zu diskutieren. »Ich rufe sie später zurück. Lass uns essen!«

Der Salat schien vorerst das kleinere Übel zu sein, denn der letzte Mensch, mit dem Sophia über sich und ihre Probleme »ein bisschen quatschen« wollte, war ihre Mutter. Sie wurde das Gefühl nicht los, dass ihre Mutter vieles von dem, was sie selbst bewegte und beschäftigte, nicht verstand oder nicht verstehen wollte. Unter anderem die Tatsache, dass Sophia ihre sehr knappe Freizeit zur Erholung brauchte. Die ganze Woche über musste sie präsent, kreativ, reaktionsschnell und manchmal auf der Hut sein. Umso mehr sehnte sie sich am Wochenende nach Ruhe und Zweisamkeit.

»Ist die Arbeit in letzter Zeit vielleicht ein bisschen zu viel für dich?«, hatte ihre Mutter vor ein paar Wochen gefragt, als Sophia eine Einladung zum Umlandausflug mit der ganzen Familie abgelehnt hatte, und damit dem Fass den Boden ausgeschlagen. Traute sie Sophia nicht zu, dass sie hart arbeiten konnte?

Lukas hatte versucht, sie zu beruhigen, als sie sich hinterher bei ihm über Mutters Spruch beschwert hatte. »Sie meinte wahrscheinlich, dass du über deine Kraft arbeitest, rein zeitlich gesehen. Du weißt doch, Mütter machen sich gerne Sorgen. Und sie wundert sich bestimmt, dass du bei jedem Treffen, das sie vorschlägt, einen Grund hast, weshalb du nicht hinkannst.«

Sophia hatte unwirsch den Kopf geschüttelt. Lukas, der sehr unternehmungslustig war, akzeptierte ihr Ruhebedürfnis schließlich auch. Er hielt ihr den Rücken frei, bekochte und verwöhnte sie nach Kräften und ließ nur gelegentlich durchblicken, dass er dem Abschluss ihrer großen Kampagne freudig entgegenblickte, weil Sophia dann wieder »unter den Lebenden weilen würde«.

»Oh Gott«, stöhnte Sophia, als ihr klar wurde, weshalb ihre Mutter angerufen hatte. »Ich weiß, was sie will. Das Treffen, oder?«

Lukas nickte. »Morgen, 15 Uhr.«

ADVENTSKAFFEETRINKEN!

Das Letzte, was Sophia – angeschlagen, müde und hungrig – in diesem Moment brauchte, war der Gedanke, statt dösend auf der Couch oder in der Badewanne zu liegen, zu einem Treffen mit ihrer Familie zu fahren, wo es stets laut und lebhaft zuging. Von Ruhe keine Spur!

»Ich weiß, du wärst lieber zu Hause«, sagte Lukas. »Aber deine Mutter freut sich riesig auf uns, das konnte ich raushören. Und ganz ehrlich, ich bin echt neugierig, sie endlich alle miteinander kennenzulernen.«

»Ich weiß«, seufzte Sophia.

»Nimm dir ein Glas Rotwein«, forderte Lukas sie auf. »Ruh dich erst einmal aus! Wenn du deine Sorgen doch noch loswerden willst, ich höre dir zu. Und das Kaffeetrinken, das wird schon.«

Sophia griff nach der Flasche und schenkte sich ein. Der Rotwein schien verlockend und die 145 Kalorien waren jetzt auch egal.

»Ich muss da morgen alleine hingehen«, sagte sie, nachdem der erste Schluck vom Alkohol bereits ohne Umweg über Sophias Magen in ihren Kopf gestiegen war. Ihr Tonfall klang ruppiger, als sie beabsichtigt hatte.

Lukas stutzte einen Augenblick, wickelte eine Nudel auf seine Gabel und fragte beiläufig: »Musst du?«

»Du weißt doch, meine Familie …« Sie verdrehte die Augen. »Die sind so … die haben es überhaupt nicht gerne, wenn jemand Fremdes …«

»Jemand Fremdes?« Lukas sah sie seltsam an. »Wen wolltest du außer mir denn noch mitnehmen?«

»Sei nicht albern!« Sophia widerstand dem Impuls, den Rest des Weines in ihrem Glas auf einmal hinunterzustürzen. »Ich hab dir doch schon oft erzählt, dass meine Familie total eigen ist.«

»Jede Familie ist eigen«, erwiderte Lukas ruhig. »Was meinst du, wie viele Menschen meine Eltern verrückt finden, die den ganzen Tag über nichts anderes als Tierschutz und Artensterben reden. Und ganz ehrlich, wir sind jetzt lange genug zusammen. Ich kenne dich und liebe dich, und wie auch immer deine Familie drauf ist, sie werden mich schon nicht davon abbringen, mit dir glücklich zu sein.«

Die Probleme stapelten sich vor Sophia wie die rosa Ballettröckchen im Schrank ihrer Nichte. »Ich kann dich nicht mitnehmen.«

Sie verstand, dass er sie begleiten wollte. Nach beinahe einem Jahr, in dem sie nun zusammenlebten, und insgesamt 18 Monaten fester Beziehung, wollte Lukas natürlich ihre Familie kennenlernen. Das war, wenn man so wollte, das Normalste von der Welt.

Sophia schluckte.

»Du bist so eine Klassefrau.«

• • •

»... aber wie bitte kommst du zu dieser Sippschaft?« Anton sah sie entgeistert von der Seite an. »Ernsthaft, die haben dich doch irgendwo geraubt und als ihr Kind ausgegeben, oder?«

Es tat Sophia weh, wie er über ihre Familie redete. Dabei war Anton, abgesehen von einem gelegentlichen Hang zur spitzen Zunge, ein freundlicher und gutmütiger Kerl.

Seit drei Monaten waren sie und ihr Kommilitone glücklich miteinander – von ihrer Teenagerliebe Kai abgesehen, mit dem sie immerhin zwei Jahre zusammen gewesen war, war er Sophias erster fester Freund. Dass er sich ausgerechnet auf ihre Familie einschießen würde, damit hatte sie nicht im Traum gerechnet.

»Du siehst aus wie das blühende Leben«, hatte Mama beim letzten Treffen gesagt. »Raus mit der Sprache!«

Sophia hatte laut gelacht, ihre Mutter kannte sie wirklich sehr genau. »Er heißt Anton«, hatte sie gestanden, und die ganze um den Esstisch versammelte Familie hatte sofort fröhlich durcheinandergeredet.

»Die Sophia ist verliebt.«

»Na guck mal, das ist aber eine Neuigkeit.«

»Bring ihn doch nächste Woche zum Adventskaffee mit!«

Genau das hatte Sophia getan und jetzt das. Anton fand ihre Familie schrecklich. Sie hätte sich für ihre Naivität ohrfeigen können. Warum hatte sie ihren Freund nicht schrittweise mit allen bekannt gemacht? Vielleicht zuerst mit ihrer Schwester, dann mit Vater … doch für solche Überlegungen war es zu spät.

»Jetzt lass sie«, sagte Sophia matt. »Sie sind, wie sie sind.«

»Bauerntrampel hoch drei.« Er schüttelte sich.

»Hör auf damit!«, fuhr sie ihn an. »Es sind meine Leute, und sie haben dich herzlich und freundlich willkommen geheißen.«

»Um mich dann mit Buttercremetorte umzubringen.«

»Was ist dein Problem?«

»Sie sind ungebildet.«

Sophia war den Tränen nahe. »Es kann nun mal nicht jeder aus einer Arztfamilie kommen.«

Anton zuckte mit den Schultern und schwieg, aber wie unter Zwang stichelte er bei jeder sich bietenden Gelegenheit über das gemeinsame Kaffeetrinken – vom Geschirr über die Kuchen- und Tortenauswahl bis hin zu den Gesprächsthemen, die seiner Meinung nach über Bildzeitungsniveau nicht hinausgekommen wären.

Weitere drei Monate später war Sophia wieder Single. Die Trennung nagte an ihr, zumal Antons neue Freundin, für die er sie mir nichts, dir nichts verlassen hatte, wie er selbst aus einer Akademikerfamilie stammte.

Auch wenn Oma und Mama sie zu trösten versuchten: »Der hatte keine guten Augen« und »Der hatte dich gar nicht verdient!« Der Kratzer, den sein Verhalten auf ihrer Seele hinterlassen hatte, wollte und wollte nicht heilen.

• • •

Sophia hatte sich danach lange an keine feste Beziehung herangetraut. Bis sie auf einer Party Lukas kennenlernte, der ihre Barrieren einfach niederriss. Mit seinem Charme und seinem Witz. Und einer großen Portion Tiramisu.

Sie hatte ihm nie von ihrer Demütigung durch Anton erzählt, deshalb verstand er nicht, was gerade in ihr vorging. Auch wenn Lukas ein ganz anderer Typ Mensch als ihr Ex-Freund war, hatte sie eine Begegnung mit ihrer Familie bisher zu vermeiden gewusst. Aber nun, nachdem die beiden zusammenlebten und noch dazu zum allerheiligsten Termin des ganzen Jahres, dem Kaffeetrinken am Samstag vor dem ersten Advent, eingeladen waren, konnte Sophia ihren

Freund der Familie nicht länger vorenthalten. Den Rest des Jahres hatte sie es geschafft, die Einladungen an sie beide mehr oder weniger galant abzulehnen. Berlin war eine große Stadt, und wenn man nicht wollte, begegnete man sich hier nie.

»Ich glaube, deine Mutter wird mich für einen ziemlichen Kauz halten, wenn ich ihr heute sage, dass ich mich freue, sie endlich kennenzulernen, und morgen nicht mitkomme.«

»Ich kann doch einfach sagen, dass du krank geworden bist!«

»Sophia, was ist eigentlich los mit dir?«

»Mir ist übel und ich muss mich hinlegen.« Vom intensiven Duft des Essens überwältigt, stürzte Sophia den Wein herunter und floh ins Bad. Was mit ihr los war und warum sie es nicht schaffte, Lukas vollkommen zu vertrauen, wusste sie selbst nicht so genau.

• • •

»Es tut mir leid.« Etwas kleinlaut setzte sie sich eine Stunde später zu ihrem Freund, der nach seinem einsamen Abendessen Gitarre spielend auf der Couch saß.

»Akzeptiert.« Nachtragend war er zum Glück nicht.

»Ich hatte vorhin wirklich keinen Hunger. Viel Stress auf der Arbeit und so.«

»Bald habt ihr den Auftrag fertig. Wird Zeit, was?«

Sie nickte, dankbar, weil er nicht darauf zu sprechen

kam, dass sie ihn vom Familientreffen auszuladen versucht hatte, sondern sich dem Thema zuwandte, um das ihre Gedanken ohnehin ständig kreisten: ihrer Arbeit.

Die Kampagne für gesunde Ernährung, die Sophia seit beinahe einem Jahr federführend betreute, sollte ihr beruflicher Durchbruch werden. Die große Krankenkasse, die der Agentur, bei der sie angestellt war, den Auftrag erteilt hatte, zeigte sich hochzufrieden mit der Arbeit von Sophia und ihrem Team. Gleich im Januar, wenn alle Welt die weihnachtlichen Braten-, Gans- und Süßigkeitenexzesse bereute, würden Plakate, Werbetafeln, Zeitungsanzeigen und Fernsehspots Deutschland zu einer gesundheitsbewussteren Ernährung auffordern. Die Arbeit machte Spaß, und Sophia war stolz auf sich.

Nach Abschluss der Kampagne könnte sie sich für besser bezahlte Posten in renommierteren Agenturen bewerben. Wenn sie sich nicht – sollte Meller ihre Mail lesen – mit einer einzigen Dummheit alles verbaut hatte. Schneemann, ihr Chef, der sie sowieso nicht leiden konnte, würde ihr garantiert ein Zeugnis ausstellen, mit dem sie sich erst gar nicht zu bewerben brauchte.

»Ja, wird Zeit«, antwortete sie, nur um irgendetwas zu sagen und nicht gleich wieder in Tränen auszubrechen.

»Willst du mir vielleicht jetzt erzählen, was bei dir auf der Arbeit los ist? Probleme?«

Sie konnte mit Lukas über alles reden, das wusste sie. Wenn sie sich über Kollegen ärgerte, weil die Arbeit nicht lief, wenn sie sich müde und ausgelaugt fühlte. Aber in diesem Fall zögerte sie. Wie würde er reagieren, wenn er erfuhr, dass sie wegen dieser blöden Challenge ihre Karriere aufs Spiel gesetzt hatte? Liebte er nicht genau die Tatsache an ihr, dass sie so eine erfolgreiche, finanziell unabhängige Macherin war?

»Ich bin müde und geschafft, und ich würde mich lieber morgen mit dir zu Hause entspannen, als zu meiner Familie zu gehen.« Nun war sie es, die auf das leidige Treffen zu sprechen kam, das ihr plötzlich unverfänglicher erschien.

Lukas legte seine Gitarre aus der Hand, schlang einen Arm um Sophia und küsste sie aufs Haar. »Das können wir davor machen und danach. Und genau genommen ist ein Familientreffen doch eigentlich auch gemütlich.«

»Eigentlich schon.«

»Na siehst du!« Er hatte die Betonung auf »eigentlich« nicht gehört. Oder nicht hören wollen. Lukas' Familie – seine Eltern und seine 14 Jahre jüngere Schwester, die er mit großgezogen hatte und die er vergötterte – war vor einem Jahr nach Indonesien ausgewandert. Er hatte sie seitdem nicht gesehen. Wahrscheinlich verstärkte das sein Verlangen nach familiärem Anschluss zur Adventszeit.

Bei einer beeindruckenden Familie wie seiner konnte Sophia das verstehen. Sein Vater war Biologe, seine Mutter Tierärztin und die beiden bauten unter Schirmherrschaft einer weltweit agierenden Tierschutzorganisation auf Sumatra eine Schutzstation für Orang-Utans und andere bedrohte Arten auf. Wenn sie mit ihrem Sohn skypten, hörte Sophia, wie leidenschaftlich sie bei der Sache waren. Lukas hatte ihr

Fotos gezeigt. Seine Schwester war ein etwas unsicher wirkender Teenager, doch ihr war schon heute anzusehen, was für eine hübsche Frau sie einmal werden würde. Seine Eltern sahen genauso cool aus wie ihr 28-jähriger Sohn, der Tiere ebenfalls liebte, aber seine Leidenschaft für Musik zu seinem Beruf gemacht hatte.

Lukas baute in seiner eigenen kleinen Werkstatt Gitarren im Auftrag seiner Kunden. Wahrscheinlich war er deshalb immer so entspannt. Keine spottenden Kollegen, keine stundenlangen Meetings, keine Auftraggeber, die ihm über die Schulter schauten und heute von dem nichts mehr wussten, was sie gestern noch gesagt hatten. Er tat, was er liebte, und er liebte, was er tat. Zumindest wirkte es so. Vielleicht besaß er auch einfach ein ausgeglicheneres Naturell als sie selbst.

»Also gut«, sagte Sophia, die ihn nicht wieder und wieder vor den Kopf stoßen wollte, und küsste ihn. »Lass uns morgen zusammen zu dem Kaffeetrinken fahren. Aber wir bleiben nicht lange, okay?«

Er nahm seine Gitarre und zupfte ein Weihnachtslied. »Ich freue mich, endlich deine Familie kennenzulernen.« Die Erleichterung über ihre Einwilligung war ihm anzusehen, und dafür liebte sie ihn.

Er ist nicht wie Anton, versuchte sie sich selbst im Stillen Mut zuzusprechen. Mit ihm wird morgen alles gut ausgehen.

Lukas hatte eine Schale selbst gebackene Plätzchen auf

der Lehne der Couch abgestellt. Sie beugte sich über ihn und nahm sich eine Handvoll.

»Die sind lecker«, sagte sie kauend.

Was waren schon ein paar Kalorien gegen den ganzen Rest ihrer Probleme? Zumal wenn sie so gut schmeckten?

Kapitel 3

Zuerst schmeckte der Keks wunderbar. Mürbe im Biss, süß auf der Zunge. Sophia kostete, kaute und nahm sich einen weiteren. Und noch einen. Ein lieblich süß-würziger Duft umwehte sie, und sie aß wie im Rausch. Bis sie so satt war, dass sie kaum noch schlucken konnte. Aber es gelang ihr nicht aufzuhören. Wie ferngesteuert stopfte sie sich mehr und mehr Kekse in den Mund. Panik erfasste sie, und als sie versuchte, um Hilfe zu rufen, drang kein Laut aus ihrem vollen Mund. Jemand musste ihr das Gebäck wegnehmen. Aber es war niemand da, außer Lukas, der sie zwar ansah, aber nicht mitzubekommen schien, was vor sich ging. Ganz im Gegenteil: Er buk noch weitere Kekse und summte dabei leise vor sich hin. Er lächelte, während sie zu würgen anfing, die süße Masse in ihrem Mund immer mehr und der Zuckerduft immer stärker wurde, sich materialisierte, ihr in Ohren und Augen kroch und sich eine Schicht Zuckerwatte wie ein klebriges Spinnennetz um ihren Körper legte.

Mit einem Schrei erwachte Sophia, fasste sich an die Kehle und japste nach Luft. Gott sei Dank! Da war keine

Keksmasse in ihrem Mund. Aber was war das für ein ätzender Traum gewesen?

Lukas summte allerdings tatsächlich. Sie hörte ihn in der Küche werkeln. Was auch sonst? Und sogar der süßliche Duft war real. Hoffentlich bereitete er keine Apfelpfannkuchen zu. Die gelangen ihm immer besonders gut, mit einer Prise Lebkuchengewürz schmeckten sie wunderbar weihnachtlich, und abzulehnen fiele ihr in diesem Fall ausgesprochen schwer. Was sie jedoch tun müsste, denn sie hatte gestern Abend schon Plätzchen verdrückt, und sie steckte schließlich immer noch mitten in der Challenge.

Sophia schlüpfte in ihre Pantoffeln und gesellte sich zu Lukas, der gerade eine Kuchenform in die Röhre schob. »Ich dachte, wir bringen deiner Familie einen Panettone mit«, verkündete er fröhlich, während er die Backofentür schloss.

»Wir müssen doch gar nichts mitbringen«, erwiderte Sophia und gähnte. »Glaub mir, es wird mehr als genug zu essen geben.«

»Ich weiß«, sagte Lukas und küsste sie auf die Stirn. »Das hat deine Mutter auch gesagt. Und darum geht es auch nicht. Ich hatte einfach Lust, für deine Leute zu backen. Kaffee?«

Sophia nickte. Auch wenn das Gefühl aus ihrem Traum, einen Kloß im Hals zu haben, sie noch begleitete.

»Hast du dir also den Wecker gestellt, nur um meiner Familie etwas mitzubringen?«, fragte sie lächelnd.

Lukas schüttelte den Kopf, während er mit der Espressomaschine hantierte. »Ich bin früh aufgewacht.«

»Ich glaube, die Sommers können mit deinem italienischen Weihnachtskuchen nichts anfangen«, sagte Sophia, als sie sich am Küchentisch niederließ.

»Die Sommers?« Lukas lachte. »Das klingt, als würdest du über Fremde reden.«

Sophia zuckte die Schultern. »Du wirst sehen. Die stehen mehr auf Schwarzwälder Kirschtorte. Und zu Weihnachten natürlich auf buttertriefenden Stollen.«

»Warum auch nicht?«, erwiderte Lukas gleichmütig. »Wenn die gut gemacht sind.«

Wie es schien, hatte ihr Freund beschlossen, ihre Familie bereits jetzt zu mögen. Sophia würde den Mund halten und abwarten. Doch beim Gedanken an den Rückweg vom Adventskaffeetrinken verkrampfte sie sich erneut. Wie würde Lukas reagieren? Sicher nicht so bösartig wie Anton, dafür war er absolut nicht der Typ, aber möglicherweise wäre auch er befremdet und würde dann seinerseits weitere Familientreffen zu umgehen versuchen.

Der Kaffee mit einem Teelöffel Milch, den Lukas ihr hinstellte, schmeckte aromatisch und kräftig. Glücklicherweise musste Sophia nicht auf Süße verzichten, denn Lukas hatte für sie einen kalorienfreien Zucker ausfindig gemacht. Der war zwar sündhaft teuer, aber da sie bitteren Espresso nicht hinunterbekam, seine belebenden Eigenschaften jedoch dringend benötigte, nahm sie das gern in Kauf.

»Geht's dir besser?«

Die an sich lieb gemeinte Frage brachte Sophia ihre schwierige Situation ins Gedächtnis zurück. Der Wettstreit um die Gewichtsabnahme, den sie zu verlieren drohte, die fehlgeleitete Mail, die sie den Job kosten konnte – kein Wunder, dass sie davon träumte, keine Luft zu bekommen. Ohne dass sie es verhindern konnte, schossen ihr erneut Tränen in die Augen.

»Jetzt aber!« Lukas sah sie eindringlich an. »Du erzählst mir bitte, was mit dir los ist!«

Sophia war klar, dass sie ihn nicht noch einmal hinhalten konnte. »Ist gut«, schluchzte sie. »Ich red ja schon.«

Er setzte sich ohne ein weiteres Wort zu ihr an den Tisch.

»Ich hab Mist gebaut«, begann Sophia und merkte sofort, dass es sich gut anfühlte, Lukas ins Vertrauen zu ziehen. »Auf der Arbeit. Und wenn ich Pech habe, kostet mich das am Montag den Job.«

»Hast du in die Kasse gegriffen?«

»Was?«

»Ob du Geld gestohlen hast.«

»Wie bitte? Na hör mal ... Natürlich nicht!«

»Was ich damit sagen will: Es gibt nicht so viele Gründe für fristlose Kündigung.«

Sophia lachte freudlos. »Das glaubst du.«

»Was hast du denn verbrochen?«

»Eine Mail. Eigentlich für Mel bestimmt«, sie schluckte, »ist an Meller, meinen Auftraggeber von der Krankenkasse, rausgegangen.«

»Und da stand drin, dass Meller ein Riesenarschloch ist?«

Sophia prustete unwillkürlich. So ein Wort hatte sie aus

Lukas' Mund noch nie vernommen. »Nein, das stand da natürlich nicht«, sagte sie. »Aber was ich geschrieben habe, ist im Grunde nicht viel besser.«

»Hast du versucht, die Mail zurückzurufen?«

»Ja klar! Aber das hat nicht funktioniert.«

»Und den Inhalt kannst du nicht zurücknehmen, erklären, wiedergutmachen? Zumal die Mail doch gar nicht an deinen Auftraggeber gerichtet war.«

Sophia schüttelte den Kopf.

Sie war wirklich der Pechvogel vom Dienst. Es war nämlich nicht das erste Mal, dass sie in Verbindung mit ihren zwei Kolleginnen in eine peinliche Situation hineingeriet. Wobei es sowohl dieses als auch beim letzten Mal so aussah, als ob Mel und Andrea nichts damit zu tun hatten, und allein Sophia den Schwarzen Peter zugeschoben bekam.

Erst vor ein paar Monaten (sie hatte Lukas nie davon erzählt) hatte sie mit den beiden in der Kaffeeküche gestanden und bei einem Eistee ein bisschen gequatscht. Genauer gesagt hatten Mel und Andrea die ganze Zeit gelästert. Über die Kollegen. Über den Chef. Sophia hielt sich bei solchen Gesprächsthemen normalerweise zurück. Aber Mel hatte sie angegrinst und gesagt: »Na, du stehst wohl heimlich auf den Boss, oder warum sagst du nichts?«

»Ich steh nicht auf Schneemann«, hatte Sophia gelacht, versucht, eine möglichst entspannte Miene zu dem teenagerhaften Gebaren ihrer Kolleginnen aufzusetzen, und auf einen günstigen Moment gewartet, um zu ihrem Arbeitsplatz zurückzukehren.

»Na klar, sonst würdest du doch ein bisschen mit uns lästern.«

»Gib's zu!« Andrea war wie immer Mel beigesprungen und grinste Sophia lauernd an. »Du bist in ihn verknallt. Und er in dich, deshalb hat er dir die Kampagne ...« Sie hatte mitten im Satz abgebrochen.

»Ich sag euch, wann ich in Schneemann verschossen sein werde ...« Sophia hatte ihr Glas genommen, den Kühlschrank geöffnet, um sich aus einem Tetrapack Eistee nachzuschenken, und deshalb nicht bemerkt, was vor sich ging. »Wenn die Hitze draußen seine Hüften mal ein bisschen abgeschmolzen hat.«

»Also, Sophia! Das ist verdammt respektlos«, hörte sie Mel noch sagen, als sie sich umdrehte und direkt vor ihrem Chef stand.

Sie mochte und respektierte Schneemann. Er war ein feiner Mensch, hatte die Agentur vor 35 Jahren gegründet und mit einer Mischung aus Fleiß und Gespür für aktuelle Themen zum Erfolg geführt. Dass er um die Hüften rum ein bisschen fülliger war, kümmerte Sophia in Wahrheit überhaupt nicht.

Sie verstand heute selbst nicht mehr, was damals in sie gefahren war. Warum hatte sie sich, anstatt einfach aus der Teeküche zu verschwinden, von den beiden zu so einem blöden Spruch provozieren lassen?

Schneemann hatte, nach Tagen des Grollens, ihre Entschuldigung akzeptiert. Aber ihr Verhältnis hatte sich davon nie erholt. Er behandelte sie nicht schlechter als seine anderen Angestellten, dafür war er ein viel zu fairer Chef. Aber Sophia spürte, dass sie sein Vertrauen nicht mehr besaß und er ihr einen weiteren Fauxpas nicht durchgehen lassen würde. Und nun war sie schon wieder in eine Situation geraten, aus der nur sie als Verliererin hervorgehen würde. Offensichtlich hatte sie aus ihrem ersten Fehler nichts gelernt.

Es half nichts, sie würde sich künftig klarer abgrenzen müssen, auch wenn ihr davor grauste, würde es doch letztlich auf einen Konflikt mit ihren zwei Kolleginnen hinauslaufen. Und was das bedeutete, wusste sie. Wie sie es drehte und wendete, eine einfache Lösung schien es nicht zu geben.

»Also, erzähl mal, was in der Mail stand«, wollte Lukas wissen. »Es gibt doch beinahe nichts, das man nicht irgendwie erklären und geradebiegen könnte.«

Sophia schüttelte den Kopf. »Das kann ich dir wirklich nicht sagen«, erwiderte sie leise.

»Du kannst mir alles sagen. Ich bin nicht Meller.«

»Ich weiß ja«, stöhnte Sophia. »Aber du … du würdest das nicht verstehen. Es ist im Grunde Mädchenkram, weißt du?«

»Dann geht es also um euren verrückten Wettbewerb«, schlussfolgerte Lukas.

»Siehst du! Du gibst ja schon zu, dass du mich verrückt findest, bevor du überhaupt weißt, was in der Mail stand.«

»Ich finde dich nicht verrückt, aber ich gebe zu, dass ich

Bauchschmerzen dabei habe, wenn du zusammen mit Mel etwas ausheckst.«

»Bloß weil du sie nicht ausstehen kannst.«

Lukas zuckte die Schultern. »Ich sag nur, dass ich bei ihr ein schlechtes Gefühl habe. Sie wirkt nicht aufrichtig.«

»Wer ist denn schon immer und in jeder Situation aufrichtig? Und für meinen Fehler kann Mel nichts!«, nahm Sophia ihre Kollegin in Schutz. »Sie hat mich sogar getröstet.«

»Wenn du mich nicht einweihen willst, akzeptiere ich das«, sagte Lukas. »Aber übertreib es nicht! Es steht dir ins Gesicht geschrieben, dass es dir nicht wirklich gut geht. Dabei hast du solche Spielchen gar nicht nötig.«

Sophia nickte still.

• • •

»Ich wusste gar nicht, dass du in der Addams Family aufgewachsen bist«, lachte Lukas, der seinen gut gelungenen Panettone langsam und vorsichtig in eine durchsichtige Folie hüllte und mit weihnachtlichem Geschenkband verzierte. Er solle sich nicht so viel Mühe geben, hatte Sophia gerade gesagt, ihre Nichte würde die Dekoration ohne zu zögern zerfetzen, sich ein Stück vom Backwerk abreißen und in den Mund stopfen. Natürlich ohne Umweg über Teller und Kuchengabel.

Sophia, die sich ein bisschen schämte, weil sie ihre

kleine Nichte so schlecht hingestellt hatte, ruderte zurück. »Na ja, ganz so schlimm ist es nun auch wieder nicht.«

Annabell, die als kleines Kind zu jedem Bissen hatte überredet werden müssen, war in den letzten beiden Jahren etwas fülliger geworden. Einmal hatte Sophia gesehen, dass sie sich in der Küche ein Würstchen mit der Hand aus dem Suppentopf gefischt und hastig verdrückt hatte. Später am Tisch, als Mutter sich wunderte, warum die Anzahl der Würstchen – für jeden zwei – nicht aufging, hatte die Kleine keinen Ton gesagt und stattdessen zwei weitere Wiener verputzt. Als Sophia sie später in ihrem Zimmer darauf ansprach, hatte Annabell geleugnet, ein Würstchen stibitzt zu haben. Wurde ihre kleine Nichte, mit der sie immer ein enges Verhältnis gehabt hatte, ihr nun genauso fremd, wie der Rest der Familie es manchmal war?

»Ich hab noch einen alten Kittel im Keller«, sagte Lukas grinsend. »Meinst du, den soll ich anziehen? Falls deine Leute nach dem Essen mit den Knochen werfen, ruinieren sie mir nicht mein neues Hemd.«

Sie lachten. Sophia kicherte noch, als sie sich wenig später Richtung Schöneberg auf den Weg machten. Es tat gut und lenkte von ihrer Anspannung ab. Lukas, der sich in Berlin bestens auskannte, obwohl er erst drei Jahre in der Stadt wohnte, lenkte seinen Mini souverän zur Adresse, die Sophia ihm genannt hatte.

»Schön hier!«, sagte er, als sie am Bayerischen Platz ausstiegen.

Sophia presste die Lippen zusammen. Sie konnte nicht

einmal genau sagen, warum sie sich stets leicht beklommen fühlte, wenn sie sich mit ihrer Familie traf. Da war einerseits die Sache mit Anton, aber die war es nicht allein. Sophia hatte manchmal das Gefühl, nicht mehr dazuzugehören. Ihre Eltern, Großmutter und ihre Schwester mit Familie bildeten eine eingeschworene Gemeinschaft, schon deshalb, weil sie alle miteinander im selben Haus wohnten. In eigenen Wohnungen freilich, was sie jedoch nicht davon abhielt, den Großteil der Zeit zusammen zu verbringen.

Tatsächlich war, kurz nachdem Sophia ihr Studium begonnen hatte, eine kleine Wohnung im Dachgeschoss des Hauses frei geworden, sodass auch sie im Schoß der Familie hätte bleiben können. Aber sie hatte sich für einen Platz im Studentenwohnheim beworben und zugegriffen, als von dort eine Zusage kam. Sie wollte ausprobieren, wie es sich anfühlte, auf eigenen Füßen zu stehen. Ihre Familie war warmherzig, aber manchmal anstrengend. Und vor Mutter blieb einfach nichts verborgen. Das konnte ziemlich nerven, da es ihr selten gelang, etwas unkommentiert zu lassen.

Ihr Credo war, über Probleme zu reden, um sie aus der Welt zu schaffen. Und genau in diesem Punkt war Sophia absolut anderer Meinung. Man musste auch mal schweigen und eine Angelegenheit mit sich selbst ausmachen.

Niemand hatte etwas dagegen gehabt, als sie ihre Koffer packte und im Alter von 18 Jahren das erste Mal Luft zwischen sich und ihre Familie brachte, aber in Sophia war recht bald das Gefühl entstanden, nur noch »der Besuch« zu sein und nicht mehr Teil der eingeschworenen Gemeinschaft. Einerseits war es genau das, was sie gewollt hatte. Andererseits fühlte sie manchmal leise Eifersucht in sich aufsteigen, vor allem nachdem ihre Schwester die kleine Annabell zur Welt gebracht hatte. Seither waren Laura und das Baby der Mittelpunkt jedes Treffens, und Sophia wurde das Gefühl nicht los, egal wie gut sie ihr Studium abgeschlossen hatte und wie sehr sie in ihrem Beruf auch glänzte, Laura und ihre frühe Mutterschaft beglückten ihre Familie weitaus mehr.

Im Treppenhaus des um 1900 gebauten Mietshauses, das vom Besitzer recht gut in Schuss gehalten wurde, roch es nach Weihnachtsgebäck. Der rote, etwas ältere Teppich im Treppenhaus wirkte gepflegt und auf jedem Treppenabsatz standen Blumen auf den Fensterbrettern, die, von ihren Besitzern sorgsam vor dem Winter in Sicherheit gebracht, im Frühling wieder auf den Balkon gestellt werden würden. Wie eh und je. Immerhin 18 Jahre war das hier Sophias Zuhause gewesen. Das aufkommende Gefühl von Heimeligkeit wollte sie dennoch nicht zulassen. Das war alles vorbei.

Lukas trug den Kuchen, als sie langsam die Treppen zur Wohnung ihrer Eltern hinaufstiegen, wo seit Jahr und Tag das Kaffeetrinken am Samstag vor dem ersten Advent stattfand. Irgendwo oben wurde eine Tür aufgerissen. »Tante Sophiiiiiiiiiiiiiiii!« Sophia hörte stampfende Schritte sich nähern. Und schluckte. Okay, jetzt war es so weit. Sie warf einen verstohlenen Blick zu Lukas, der jedoch einen entspannten Eindruck machte.

Ein in eine rosa Tüllwolke gewandetes Mädchen rannte

die Treppe herunter und sprang ihr in die Arme. Sophia hatte Mühe, das Gleichgewicht zu halten. »Annabell, nicht so heftig«, keuchte sie erschrocken. »Menschenskind, wir beide fliegen gleich rückwärts die Treppen herunter.«

»Tante Sophiiiiii! Endlich bist du da!« Ein feuchter Schmatz landete auf Sophias Wange. »Mmh, du riechst so gut! Wie eine Blume!«

Große braune Augen strahlten Sophia an. Sie musste unwillkürlich lächeln. »Na du!«

»Kannst du mich rumwirbeln?«

»Später«, sagte Sophia und versuchte, die Kleine, die ihr langsam zu schwer wurde, abzusetzen. Annabell klammerte sich jedoch mit den Armen um ihren Hals fest wie eine Klette. »Lass mich los, ich möchte dir jemanden vorstellen.«

Endlich gab das Mädchen nach, ließ sich brav auf dem Boden absetzen und senkte scheu den Blick, als es Lukas bemerkte.

»Das ist meine Nichte Annabell«, sagte Sophia. »Und das ist Lukas, mein Freund.«

»Hey, Annabell!« Lukas beugte sich zu Sophias Nichte und hielt ihr die Hand hin. Den Panettone hatte er auf einer Treppenstufe abgesetzt. »Du hast aber ein hübsches Kleid an.«

»Hallo!« Das Mädchen wirkte jetzt gar nicht mehr stürmisch, sondern lächelte schüchtern.

Sophia nutzte die Gelegenheit, ihre Nichte zu mustern. Seit ihrem letzten Besuch, der vielleicht sechs, möglicherweise auch acht Monate zurücklag, war die neunjährige nicht nur ein paar Zentimeter größer, sondern auch nicht unbeträchtlich breiter geworden. Ihr Ballettdress spannte über dem runden Bauch, und an einer Stelle hatte die Naht nachgegeben. Anscheinend hatte sie öfter als einmal Lebensmittel vor dem Essen gemaust und heimlich gegessen. Ob Laura, Annabells Mutter, das wohl mitbekam?

»Was ist das?«, fragte die Kleine und deutete auf den hübsch eingepackten Kuchen.

»Ein italienischer ...«, setzte Lukas zu einer Antwort an.

»Lass uns doch erst einmal reinkommen«, unterbrach ihn Sophia.

»Darf ich den tragen?« Annabell schaute Lukas an.

Der nickte. »Aber sicher!«

»Der ist für alle«, betonte Sophia.

»Na klar, Tante Sophia!«, erwiderte die Kleine brav, nahm den Kuchen vorsichtig in beide Hände und trug ihn die Treppen hinauf.

Wenige Stufen weiter, in der Tür, stand er: der Rest der Sommer-Sippe. Agatha, Martin, Michaela, Laura und Philipp – Großmutter, Vater, Mutter, Schwester und Schwager – und strahlte um die Wette.

»Da seid ihr ja!«

»Na endlich!«

»Mensch, ist das schön, dass ihr da seid!«

»Lang ist es her!«

Es summte und brummte wie in einem Bienenschwarm.

Sophia warf einen verstohlenen Blick zu Lukas, der zum Glück lächelte und so entspannt dreinschaute wie immer.

Kapitel 4

Der Tisch bog sich beinahe unter dem, was ihre Familie alles aufgetragen hatte. Neben dem (kitschigen!) Sonntagsgeschirr ihrer Mutter und der knallroten Decke mit breiter Goldkante, die zur Weihnachtszeit auf dem Tisch lag, seit Sophia denken konnte, türmten sich Speisen und Getränke aller Art. Nein, das würde auch in diesem Jahr kein Kaffeetrinken, sondern wie immer ein gewaltiges Fressgelage werden.

Ein riesiger Adventskranz von roten Samtbändern gehalten hing von der Decke. An sich sah das malerisch aus, aber Lukas, der sämtliche Familienmitglieder um einen Kopf überragte, musste sich vorsehen, um nicht dagegenzustoßen.

Natürlich durften die obligatorischen Tischkarten nicht fehlen. Die stammten ebenfalls noch aus dem vergangenen Jahrhundert – ihre Mutter hob wirklich alles auf! –, und auf Sophias Kärtchen prangte ein Teddybär mit Weihnachtsmütze. Leider hatten sie Lukas nicht neben ihr platziert, sondern zwischen ihre Eltern. Sophia versank vor Scham fast im Boden, es lief genau so ab, wie sie es befürchtet hatte – wie bei der ersten (und letzten!) Zusammenkunft mit Anton. Lukas wurde ohne mit der Wimper zu zucken von der Familie vereinnahmt. Hoffentlich war seine Tischkarte wenigstens nicht kitschig geraten.

Der Panettone passte nicht mehr auf die lange Tafel. »Wir essen deinen Kuchen später«, hörte Sophia ihre Mutter zu Lukas sagen. »Wenn das für dich in Ordnung ist. Er ist ja so hübsch eingepackt. Den möchte ich mir noch ein bisschen angucken.«

Sophia kannte ihre Mutter. Warum auch immer, aber wenn sie etwas geschenkt bekam, machte dieses »ein bisschen Angucken« einen Großteil ihrer Freude aus und konnte durchaus Monate andauern. Wahrscheinlich würde der Panettone zu Ostern noch auf der Anrichte stehen, anders dekoriert und in Colomba umbenannt – den italienischen Osterkuchen, der dem Panettone gar nicht so unähnlich sah. Diese Art von Sparsamkeit gefiel ihrer Mutter.

Jetzt schlug sie gerade mit gespieltem Erschrecken eine Hand vor den Mund. »Oh nein, jetzt habe ich einfach du gesagt. Ich hoffe, du bist mir nicht böse deshalb.«

Lukas lächelte höflich – oder gequält? Sophia konnte ihren Freund nicht ungestört beobachten, da Annabell die ganze Zeit vor ihr auf und ab hüpfte wie ein Gummiball. Sie spitzte die Ohren, neugierig auf seine Reaktion. »Das ist vollkommen in Ordnung«, hörte sie ihn sagen und stellte fest, dass die beiden sich die Hände schüttelten, während sie sich miteinander bekannt machten. Er war viel zu gut erzogen, um sich anmerken zu lassen, falls es ihm nicht gefiel.

»Ich bin Michaela, aber du kannst mich ruhig Ela nennen, das machen alle so.«

Typisch, diese Distanzlosigkeit ihrer Familie. Und um das Maß vollzumachen, übertönte sogleich Mutters Stimme das ganze Wirrwarr: »Hört mal her!« Tatsächlich wurde es augenblicklich still im Raum. »Das ist also der Lukas, und er hat gesagt, wir können alle du zu ihm sagen!«

»Hallo, Lukas«, ertönte der Familienchor.

Wie bei den Anonymen Alkoholikern. Sophia wäre am liebsten aus dem Zimmer gerannt.

»Hallo! Freut mich!«, sagte Lukas artig. »Und danke für die Einladung!«

»Ist doch selbstverständlich«, erwiderte Oma freudig. »Wo du doch jetzt zur Familie gehörst.«

»Wir haben noch nicht geheiratet, Oma!«, zischte Sophia und merkte, wie sie errötete.

Von der ersten Sekunde an benahmen sich ihre Familienmitglieder, als würden sie Lukas schon ewig kennen. Lautes Lachen statt dezentem Lächeln. Kräftiges Händeschütteln statt zurückhaltendem sich Annähern. Reden statt Zuhören. Und Berge von süßer und schwerer Kost, von leichter Küche hatte Familie Sommer noch nichts gehört. Wobei, das musste Sophia zugeben, Mutter hervorragend kochte und buk und die Advents- und Weihnachtszeit nun einmal nicht für ihre leichten Genüsse bekannt war. Selbst Lukas, sonst eher der asiatischen und mediterranen Küche zugeneigt, hatte neuerdings sein Herz für Butterplätzchen und Bratensoße entdeckt.

Sophia seufzte. Ihre Familie glich einem Kraken, der alles mit seinen Tentakeln an sich zog, was an ihm vorbeischwamm. Und jetzt hatte der Krake einen seiner Fangarme um Lukas geschlungen. Der noch immer entspannt alle Annäherungen über sich ergehen ließ, brav Hände schüttelte und bereits dazu gezwungen worden war, zu erzählen, wie er und Sophia sich kennengelernt hatten. Allerdings – er wirkte, als ob er sich pudelwohl fühlte.

»Tante Sophia, guck! Guck!« Sophia musste wohl oder übel ihren Blick von Lukas losreißen, weil Annabell nicht aufhörte vor ihr herumzuhopsen und unaufhörlich auf sie einredete. »Das hier heißt Relevé. Das ist Französisch. Das habe ich gestern in der Ballettstunde gelernt.« Bei dem Versuch, sich auf die Zehenspitzen zu erheben, strauchelte das Mädchen und flog unsanft gegen den Tisch. Das Geschirr klapperte, die Sektgläser schwankten.

Sophia erschrak und zog ihre Nichte rasch auf die Füße. »Das reicht jetzt erst einmal! Du kannst mir nachher etwas vortanzen.«

Es fehlte noch, dass Annabell bei ihrem nächsten Versuch die Tischdecke samt Geschirr und Speisen herunterzog.

Annabell nickte. »Ich kann das nämlich in Wirklichkeit schon besser. Und ich muss dir noch ein Geheimnis erzählen.«

»Zu Tisch! Zu Tisch!«, rief ihre Mutter, die wahrscheinlich um ihr Paradegeschirr fürchtete, und strich Annabell über den Kopf. »Unsere Ballettschülerin braucht etwas zur Stärkung, bevor sie uns etwas vortanzt.«

Das Letzte, was die Kleine brauchte, waren all die Kalorienbomben auf dem Tisch. Sophia würde nachher mit Laura, Annabells Mutter, reden müssen, die offensichtlich blind dafür war, dass ihre Tochter ein Gewichtsproblem mit sich herumschleppte.

• • •

»Was für ein netter junger Mann, dein Lukas!« Oma war einen Moment in ihrer eigenen Wohnung gewesen und kam jetzt mit einer selbst etikettierten Weinflasche unter dem Arm in die Küche, in der Sophia gerade ein Glas Leitungswasser trank. Sie lächelte zufrieden.

Sophia nickte. »Danke!«, erwiderte sie und wusste nicht, ob weitere Auskünfte von ihr erwartet wurden.

Oma musterte sie. »Du hast ordentlich abgenommen!«

Zum ersten Mal, seit sie angekommen waren, freute Sophia sich. »Danke!«, sagte sie noch einmal.

»Isst du denn genug?«

Es hätte ihr klar sein müssen, dass ihre Freude von kurzer Dauer sein würde, denn Omas Kommentar über ihren Gewichtsverlust war natürlich nicht als Kompliment gemeint.

»Natürlich esse ich genug.« Was im Augenblick zwar nicht der Wahrheit entsprach, aber darüber und über alle ihre Probleme, die damit zusammenhingen, mochte Sophia jetzt lieber nicht sprechen.

Oma sah nachdenklich aus. »Du arbeitest viel«, sagte sie. »Hast in letzter Zeit wenig Gelegenheit uns zu besuchen, dabei gibt es eine ganze Menge Neuigkeiten. Die würde ich dir gerne mal bei einer schönen Tasse Kaffee erzählen, mein Kind!«

»Ich bin doch hier, oder?« Sophia hörte, dass ihre Worte schnippisch klangen, und es tat ihr sofort leid. »Omi, ich hab einfach so viel um die Ohren im Moment.«

»Ich würde mich jedenfalls freuen, dich öfter als zwei Mal im Jahr zu sehen«, sagte Oma schlicht.

»Entschuldige! Ich habe wirklich sehr viel zu tun«, wich Sophia aus. »Das wird im neuen Jahr sicherlich wieder besser.«

Ihre Großmutter nickte und drehte sich zum Küchenschrank. »Reichst du mir bitte eins der Schnapsgläser?«

Stimmte es wirklich, dass alte Menschen mit den Jahren kleiner wurden? Sophia konnte sich nicht erinnern, dass ihre Großmutter je um Hilfe gebeten hatte. Egal worum es ging, sie packte es erst einmal allein an. Ihr Mann war jung verstorben, und ohne zu klagen, hatte Agatha die Verantwortung für ihren Sohn Martin und den Lebensunterhalt der beiden übernommen. Mutter sagte immer, dass Sophia ihre endlose Energie und ihren Ehrgeiz von ihrer Großmutter geerbt habe.

Agatha Sommer würde an Heiligabend 80 Jahre alt werden. Sophia schluckte. Wie doch die Jahre verstrichen waren! Vor allem seit sie nicht mehr zu Hause lebte, schien die Zeit nur so dahinzufliegen. Sie ignorierte den kleinen Stich in ihrem Herz und reichte ihrer Großmutter das gewünschte Glas.

Lukas kam mit einem Stapel schmutzigen Geschirrs in die Küche. Er hatte Sophias Mutter im Schlepptau, die betonte, er müsse doch nicht den Tisch abräumen. Er sei schließlich ihr Gast.

Sophia hatte während des Essens immer mal wieder einen verstohlenen Blick zu ihrem Freund geworfen. Bergeweise Brot, Kuchen, Butter, Käse, Wurst und selbst gebackene Rudolph-das-Rentier-Kekse hatte Mutter auf seinen Teller gehäuft.

»Probier doch mal den Camembert!«

»Koste das Dinkelbrot!«

»Etwas kalten Braten?«

»Die Plätzchen hat unsere Annabell ganz alleine gebacken ...«

Und so weiter.

Sophia selbst hatte es relativ erfolgreich geschafft, die Fütterungsversuche ihrer Familie abzuwehren, aber Lukas hatte sich stets höflich bedankt und brav alles aufgegessen, was man ihm aufgetischt hatte. Konnten Menschen eigentlich platzen?

Wie gern hätte sie einen Moment unter vier Augen gehabt, um ihn zu fragen, wie er sich fühlte. Doch dazu würde es vermutlich erst Gelegenheit geben, wenn sie die

Wohnung verließen, um nach Hause zu fahren. Der »Familienkrake« hatte ganze Arbeit geleistet.

Großmutter entkorkte die aus ihrer Wohnung geholte Flasche.

»Komm mal her, Lukas!«, sagte sie fröhlich. »Es wird Zeit für ›Agathas Zaubertrunk‹.«

Lukas ließ sich nicht zweimal bitten. »Was ist das?«

»Ein richtig guter Tropfen«, schwärmte Großmutter und machte eine Kunstpause, während sie das Schnapsglas füllte, das Sophia ihr gerade gereicht hatte. »Petersilienwein«, verkündete sie andächtig, als läse sie in der Kirche das Evangelium. Sie hatte schon immer eine Schwäche für seltsame Tränke gehabt, um die der Rest der Familie lieber einen Bogen machte. Oder nur darauf zurückkam, wenn es gar nicht anders ging. Zwiebelsaft bei Husten, Bittertrunk für die Verdauung, Baldriantropfen gegen Einschlafschwierigkeiten, Zinnkrauttee zur Entschlackung. Großmutter war eine wandelnde Naturapotheke. Und nun hatte sie in Lukas ein neues »Opfer« gefunden.

»Der wird auch Herzwein genannt«, erklärte sie. »Und eigentlich ist es gar nicht mein Zaubertrunk, sondern der von Hildegard.«

»Eine Verwandte?«, fragte Lukas höflich, während Oma ihm das Glas mit der gelben Flüssigkeit reichte.

Oma schüttelte den Kopf. »Hildegard von Bingen, die berühmte mittelalterliche Gelehrte und Klosterfrau.« Als hätte es die letzten tausend Jahre samt bahnbrechender medizinischer Fortschritte nicht gegeben, machte Großmutter um alles einen Bogen – Impfungen einmal ausgenommen –, was die Pharmafirmen der Welt produzierten.

Schon als Sophia klein gewesen war, hatte Oma darauf bestanden, fast alle Krankheiten und Wehwehchen mit ihren sogenannten Hausmitteln zu kurieren. »Fieber kommt von alleine«, hatte sie zu ihrer Enkelin gesagt, wenn sie sich zu ihr ans Bett setzte, um ihr Wadenwickel anzulegen, »und es geht von alleine. Und das gilt für die meisten Krankheiten. Mutter Natur hält allerhand zur Unterstützung des Körpers bereit, aber wer sich nicht gut fühlt, braucht zuallererst Zeit und Ruhe.« Das sollte Sophia mal ihrem Arbeitgeber erzählen! Der würde denken, sie scherzte.

Wenn Lukas doch einmal zu ihr hinüber sehen würde! Sie könnte ihm ein Zeichen geben, dass nun ein guter Moment wäre zu verschwinden. Aber ihr Freund tat so, als interessiere er sich brennend für den Inhalt der Flasche. Oder war sein Interesse aufrichtig? Schließlich verbrachte er selbst nicht wenig Zeit in der Küche und war ständig auf der Suche nach neuen Rezepten.

»Der Wein hilft bei allen Arten von Herzbeschwerden.«

»Bei allen?«

Großmutter nickte. »Bei Schmerzen, bei Rhythmusstörungen, bei Liebeskummer und sogar bei Hartherzigkeit«, zählte sie auf. »Man darf auch ein Gläschen zur Vorbeugung trinken«, ergänzte sie augenzwinkernd. »Er enthält kaum Alkohol. Wird alles herausgekocht. Es spricht also nichts gegen ein oder zwei Gläschen, selbst wenn du noch fahren musst.«

Lukas schnupperte. »Riecht sehr aromatisch.«

Großmutter freute sich. »Er wird mit Petersilie und Honig gekocht. Und einem Schuss von richtig gutem Essig.«

Sophia fand, dass das grässlich klang, aber Lukas nippte, schmatzte genüsslich, als würde er einen edlen Burgunder kosten, und trank sein Glas leer. »Das ist richtig gut«, sagte er. »Was hat denn die heilige Hildegard sonst noch so für Medizin auf Lager?«

»Oh, eine ganze Menge«, sagte Oma, hakte sich bei Lukas unter und ging mit ihm aus der Küche. »Was interessiert dich denn? Hast du manchmal Probleme mit der Verdauung?«

Sophia blieb der Rest des Gespräches erspart, aber leider war auch die Gelegenheit verstrichen, zeitnah die Flucht zu ergreifen. Stattdessen stand sie allein mit ihrer Mutter in der Küche.

»Hast eine kleine Kummerfalte, Sophiechen!«, sagte Michaela und strich ihr über die Stirn, als wäre sie sechs und nicht 32 Jahre alt. Leider konnte sie noch immer genauso gut in Sophias Gesicht lesen wie damals.

»Ach ja?« Sophia versuchte, die aufwallenden Gefühle zu unterdrücken. Ihre Mutter würde sowieso nicht verstehen, was bei ihr auf der Arbeit los war. Sie hatte ihr Leben mehr oder weniger als Hausfrau verbracht, lediglich manchmal im familieneigenen Geschäft ausgeholfen, wenn Papa oder Oma aus Krankheitsgründen ausgefallen waren.

»Willst du ein bisschen erzählen?«, fragte Mutter. »Wir

sind alle unglaublich gespannt auf deine tolle Gesundheitskampagne.«

Sophia staunte, dass ihre Mutter sich gemerkt hatte, woran sie gerade arbeitete.

»Bald können wir die Spots im Fernsehen anschauen, nicht wahr?«

»Nicht nur das.«

»Komm mit«, sagte Mutter und dirigierte Sophia ins Wohnzimmer, wo sich alle gemütlich auf der Couch und in Sesseln niedergelassen hatten, Kekse knabberten, Kaffee, Wein oder Saft tranken und miteinander plauderten. Ihre Schwester Laura hockte mit ihrem Mann Philipp zusammen – eng aneinandergeschmiegt und Händchen haltend wie verliebte Teenager. Dabei waren die beiden schon eine Ewigkeit zusammen. Sie hatten geheiratet, als Laura mit Annabell schwanger geworden war. Laura war schon immer ein braves Mädchen gewesen. So unkompliziert wie sich Eltern ihre Kinder wahrscheinlich wünschten. Sogar beruflich war der Apfel nicht weit vom Stamm gefallen.

Wieder erhob Michaela ihre Stimme und lud alle ein, Sophia zu lauschen, die von ihrer Arbeit erzählen sollte. Was sie wohlwollend taten, denn das Wort von Sophias Mutter hatte so viel Gewicht in der Familie wie das des Chefs in einer Firma.

Also hörten alle Sophia zu, die kurz umriss, was die Kampagne der Krankenkasse beinhaltete. Zu wenig Bewegung, zu viel Essen – zu viel vom falschen Essen insbesondere –, daraus resultierende Erkrankungen und was dagegen zu tun sei. »Es geht in erster Linie um Prävention, die schon im Kindesalter einsetzen muss«, erklärte Sophia. »Es wird unter anderem ein besonderer Schwerpunkt auf Lehrerweiterbildung gesetzt.« Als sie fertig war, setzte Gemurmel ein.

»Ist das nicht ein bisschen übertrieben?«, fragte Philipp. »Ich meine, ganz ehrlich, man kann doch den Leuten nicht vorschreiben, was sie essen sollen, oder?«

Mit so einer Reaktion hatte Sophia insgeheim gerechnet. Sie warf bewusst einen etwas längeren Blick auf den recht gerundeten Bauch ihres Schwagers, bevor sie antwortete. »Darum geht es doch gar nicht. Wir wollen anregen, zum Nachdenken bringen. Die Kosten für die Behandlung von Krankheiten, die aus Fehlernährung resultieren, explodieren. Die Krankenkassen müssen gewaltige Beträge dafür bereitstellen. Tendenz steigend. Da ist die Verantwortung jedes Einzelnen gefragt.«

»Du klingst wie eine Tagesschausprecherin«, stichelte Philipp, der sich sichtlich nicht angesprochen fühlte.

»Unser Sophiechen!«, sagte Michaela, bevor Sophia etwas erwidern konnte, »sie hat sich schon immer ganz und gar in Themen hineingekniet, die sie beschäftigten.«

Nach einem Kompliment klang das nicht. Eher nach etwas, was man hinnehmen musste, auch wenn es lästig war. Wieder wurde Sophia von dem Gefühl überwältigt, dass sie fremd in ihrer eigenen Familie war, dass niemand verstand, was sie leistete und wie wichtig es ihr war. Hätte sie soeben angekündigt, ein Kind zu bekommen, wären sicherlich alle in Jubel ausgebrochen. Oder?

»Wir können gerne deine Plakate im Geschäft aufhängen oder Broschüren auslegen«, schlug Oma vor, als spürte sie, was in Sophia vorging. »Das wird die Leute interessieren. Vor allem nach Weihnachten, wenn alle wieder abnehmen wollen. Kennt man doch.«

»Danke, Omi«, sagte Sophia.

»Ich habe schon gehört, dass Sie ein eigenes Geschäft haben«, sagte Lukas und Sophia warf ihm einen dankbaren Blick zu. Philipp hatte bereits zu einer Erwiderung angesetzt, und wer weiß, was sich daraus für eine unangenehme Diskussion entwickelt hätte. Ihr Schwager war nicht der Typ, der sich gern von seiner Meinung abbringen ließ.

»Oh ja«, antwortete Agatha. »Es ist seit beinahe hundert Jahren im Familienbesitz.«

Gleich würden Oma oder Papa, der mindestens ebenso stolz auf den Laden war wie seine Mutter, Lukas zu einer Besichtigung einladen. Doch Sophia fand, dass es für heute genug mit dem Beisammensein im Kreis der Familie war. Ihr Freund schien sich wirklich wohlzufühlen, sie wollte den Bogen nicht überspannen. Wenn Papa erst einmal in Fahrt kam, könnte es Stunden dauern, bis sie aus dem Geschäft wieder herauskamen. Und sie sehnte sich noch immer nach ein paar Stunden Stille.

»Wollen wir gleich rüber ...«, sagte er. Wie Sophia es geahnt hatte.

»Noch ein paar Fotoshootings und ein Spot, dann sind wir fertig«, unterbrach sie hastig, um Lukas davon abzuhalten, aus Höflichkeit zuzustimmen. »Aktuell casten wir dafür

Schulkinder.« Noch während sie das sagte, begriff sie, dass sie gepatzt hatte. Denn ihr war völlig klar, was jetzt kommen würde.

»Tante Sophiiiiiiii«, kreischte Annabell erwartungsgemäß. »Kann ich mitmachen? Bitte! Ich bin auch ganz brav und mache alles, was du sagst!«

»Nein, das geht nicht, Annabell! Es ist so, dass ich das gar nicht alleine entscheide, das ...«

»Ach, komm schon«, sagte Philipp. »Ich denke, du bist die Chefin.«

»Na ja, ich ...«

»Du kannst Annabell doch vielleicht mal vorstellen, oder?«, fragte Mutter.

»Bitte, Tante Sophia!« Annabell zog ein Schnütchen. »Biiiittttteee! Ich möchte so gern mal im Fernsehen sein. Die blöde Emilia ...«

»Hat sie dich wieder geärgert?«, fragte Laura.

Annabell lief feuerrot an. »Nein ... ich ...«

»Meinst du, du kannst was für Annabell machen?«, fragte jetzt auch Laura. »Das wäre wirklich toll.«

»Tante Sophiiiiii!«

»Du lieber Himmel nein!«, antwortete Sophia. »Lasst mich doch bitte mal zu Wort kommen! Ich kann nicht einfach jemanden mitbringen. Das ist ein Prozess, ein Auswahlverfahren, da werden viele Kinder von verschiedenen Castingagenturen vorbeigeschickt. Ein ganzes Gremium sucht nach den Probeaufnahmen die Kinder aus, die schließlich vor der Kamera stehen.«

»Na, da kann doch auch Annabell dabei sein.«

Alle sahen Sophia erwartungsvoll an. Sie seufzte. »Ich habe doch gerade erklärt, worum es in der Kampagne geht. Um gesunde Ernährung, Sport …«

»Aber Annabell macht doch Ballett.«

»Aber sie ist nicht schlank, versteht ihr das denn nicht!« Sophia bereute den Satz in dem Moment, als er ihren Mund verlassen hatte. Nun hatte ihre Familie es geschafft, dass ihr der Kragen geplatzt war. Warum konnten sie alle bloß nicht zuhören? Warum mussten sie unausgesetzt reden und mit dem Kopf durch die Wand wollen?

Jetzt waren sie alle so still, als hätte es gedonnert. Jemand hüstelte. Annabell ließ den Kopf hängen. Großmutter schluckte vernehmlich.

Lukas fand als Erster seine Stimme wieder. »Darf ich noch ein Glas Herzwein haben?«, fragte er an Agatha gewandt. »Für Sophia?«

• • •

Nur wenig später verließen sie die elterliche Wohnung und stiegen in Lukas' Mini. Sophia ließ sich auf den Beifahrersitz fallen, zog fröstelnd ihren Schal um die Schultern und stöhnte laut auf.

Lukas startete den Motor, setzte den Blinker und stellte den Scheibenwischer an. Es schneite. Normalerweise ein Grund zur Freude, aber in diesem Moment hatte Sophia keinen Blick dafür. Das Treffen lag ihr im wahrsten Sinne des Wortes im Magen.

»Deine Leute sind ...«

»... grässlich, nicht wahr?«

»Zauberhaft ... wollte ich eigentlich sagen.« Statt loszufahren, musterte Lukas sie von der Seite, und Sophia registrierte seinen verwunderten Gesichtsausdruck. »Du hast eine echt nette und unglaublich freundliche Familie.«

Sophia schluckte. Die Verabschiedung kurz nach ihrem Patzer war verhalten ausgefallen. Annabell hatte sich gar nicht mehr blicken lassen. Auch Laura hatte sich auffällig zurückhaltend benommen, ihr kühl die Hand geschüttelt und dabei weggesehen. »Ich find sie alle einfach furchtbar anstrengend. Laut und distanzlos und ...«

»Sophia!« Lukas' Stimme hatte einen mahnenden Klang.

»Hast du echt nicht bemerkt, wie sie mich in den Wahnsinn getrieben haben?«

Erst jetzt begriff sie, wie absurd die Situation war. Dieses Mal war sie es, die ihre Familie schmähte, während ihr Freund sie verteidigte. Sie wäre gern ein wenig zurückgerudert, doch Lukas' nächster Satz ärgerte sie und hielt sie davon ab:

»Ich habe nur gemerkt, dass du von Anfang an ziemlich genervt warst und am Ende ordentlich ausgeteilt hast!«

Sophia fühlte sich missverstanden. Sie war überhaupt nicht von Anfang an genervt gewesen. »Verteidigst du sie etwa?«, fragte sie entgeistert.

»Tut es dir nicht leid, dass du deine Nichte heftig vor den Kopf gestoßen hast?«, fragte Lukas zurück.

»Natürlich. Was denkst du denn? Ich wollte das nicht. Aber die haben mich so lange ...«

»Hast du dich bei ihr entschuldigt?«

»Bist du neuerdings Kommissar und ich sitze in Untersuchungshaft? Oder warum stellst du mir so viele Fragen?«

»Also nicht.«

»Toll kombiniert.« Sophia war jetzt richtig sauer auf Lukas. »Natürlich werde ich mich entschuldigen. Aber in Ruhe. Wenn wir uns das nächste Mal sehen. Sie wollte mir sowieso noch ein Geheimnis verraten.«

»Wann wird das sein? Das nächste Mal?«

»Das weiß ich doch nicht«, stöhnte Sophia. »Heiligabend vielleicht. Können wir jetzt bitte losfahren? Ich hab Kopfweh.«

Lukas nickte und lenkte den Mini aus der Parklücke, nicht ohne sie noch einmal mit diesem seltsam fragenden Blick zu mustern.

Die Fahrt über schwiegen sie.

Kapitel 5

»Sophia?« Mel kam ihr mit angespanntem Gesichtsausdruck auf dem Flur entgegen, als Sophia die Büroräume ihrer Agentur betrat. »Schneemann möchte dich sehen. Jetzt gleich!«

»Scheiße!«

Das Wochenende war in seltsamer Stimmung zu Ende gegangen. Lukas hatte nach dem Besuch bei ihrer Familie ein recht reserviertes Verhalten an den Tag gelegt. Sophia wurde das Gefühl nicht los, dass er sie bei jeder Gelegenheit prüfend ansah und ihr ansonsten aus dem Weg ging. Am Sonntagabend war er sogar für zwei Stunden in seine Werkstatt verschwunden und hatte sich im Anschluss daran mit einem Döner versorgt. Die Küche war kalt geblieben. Das Gefühl, etwas fehlte ihr, obwohl sie auch dieses Mal nicht vorgehabt hatte, mit Lukas zusammen zu essen, überraschte Sophia. Es gehörte zu ihrem Alltag, dass ihr Freund abends kochte.

Sie hatte also am ersten Advent auf der Couch gesessen, gelesen und entgegen ihrer Erwartung die Einsamkeit nach dem Trubel am Tag zuvor kein bisschen genossen. Zumal sich die belastenden Gedanken – zu den Problemen auf der Arbeit gesellten sich nun auch noch der Ärger mit ihrer Familie und Lukas' reserviertes Verhalten – in der Stille kaum verdrängen ließen.

Als Lukas zurückgekommen war, hatte er sich nach einer knappen Begrüßung zum Gitarrespielen in ihr gemeinsames Arbeitszimmer zurückgezogen, was Sophias immer stärker werdendes Gefühl von Unsicherheit noch verschlimmert hatte. Und die Angst vor dem Montagmorgen.

Der nun da war und genauso unangenehm begann, wie sie es sich ausgemalt hatte.

Sophia legte eilig Jacke, Schal und Mütze ab und klopfte wenig später an Schneemanns Tür. Sie wollte das drohende Donnerwetter keine einzige Minute hinauszögern. Sie hatte sich lange genug in Fantasien ergangen.

»Guten Morgen«, sagte Sophia mit trockener Kehle, nachdem sie angeklopft hatte. »Sie wollten mich sprechen?«

»Nehmen Sie Platz!«, forderte ihr Chef sie grußlos auf und ohne ihr ins Gesicht zu sehen.

»Danke!«

Jetzt hob Schneemann doch den Kopf. Seltsamerweise ähnelte sein Blick dem von Lukas, als sie nach dem Adventskaffeetrinken ins Auto gestiegen, aber nicht gleich losgefahren waren. Was er wohl dachte? Erwartete er von ihr, dass sie das Gespräch begann? Und wenn ja, wie?

In Sophias Kopf flogen Wörter herum, wie ein aufgeschreckter Vogelschwarm. Aber sie formten sich nicht zu einem Satz und schon gar nicht zu einer schwungvollen Erklärung. Sie fühlte sich hilflos, und Schneemanns nicht zu durchschauende Miene verunsicherte sie. Sie spürte, dass die Situation ernst war. Mit dem, was dann kam, hätte sie trotzdem niemals gerechnet.

»Ich habe Sie zu mir gebeten, um Ihnen Ihre sofortige Freistellung mitzuteilen.« Schneemann fiel nicht mit der Tür ins Haus. Er riss es nieder.

»Meine ...« Sophia schluckte schwer. »Meine ... was?«

»Sie werden mit sofortiger Wirkung und dauerhaft von der Pflicht zur Erbringung einer Arbeitsleistung entbunden, bis Ihre Kündigung nach Ablauf der dreimonatigen Kündigungsfrist zum 15. März kommenden Jahres wirksam wird.« Sophia hatte Schneemann noch nie so förmlich reden gehört und starrte ihn entgeistert an, während er fortfuhr: »Die Freistellung erfolgt unwiderruflich, Lohnfortzahlung, Versicherungs- und Beitragspflicht in der Kranken- und Rentenversicherung bestehen weiter. Sie unterliegen von meiner Seite aus keinem Wettbewerbsverbot, was bedeutet, dass Sie unverzüglich weiterarbeiten können, sobald Sie eine neue Beschäftigung gefunden haben.«

»Herr Schneemann, ich ...« Sie wollte reden, sich verteidigen, sich entschuldigen, aber sie war nicht fähig zu denken. In ihrem Kopf war kein einziger klarer Gedanke mehr, nur ein Satz, der sich gebetsmühlenartig wiederholte: Ich bin gefeuert.

»Frau Sommer«, Schneemann klang etwas weniger emotionslos, als er weiterredete, »das Mindeste wäre gewesen,

Sie von der Kampagne abzuziehen, nachdem mich Bernd Meller heute Morgen angerufen hat. Aber da es nicht das erste Mal ist, dass Sie verbal und inhaltlich, sagen wir einmal vorsichtig, danebenliegen, habe ich mich entschieden, mich von Ihnen zu trennen.«

»Ich würde mich gern erklären«, erwiderte Sophia matt, weil sie wusste, dass die Fakten, so wie sie sich Schneemann darstellten, gegen sie sprachen und ihre Versuche, sich zu rechtfertigen, ohnehin ins Leere laufen würden.

»Beim ersten Mal hatten Sie die Gelegenheit«, sagte Schneemann. »Doch heute gibt es in meinen Augen nichts zu sagen, was zu Ihrer Rechtfertigung taugt. Sie werden verstehen müssen, dass ich Sie keinen Tag länger beschäftigen kann. Unser Auftraggeber hat deutlich gemacht, sein Vertrauen in Ihre berufliche und menschliche Qualifikation verloren zu haben. Und ich ...«, er räusperte sich, »ich schließe mich dem an. Sie sind frei, Frau Sommer, ich verabschiede Sie so fair, wie es mir möglich ist, und wünsche Ihnen für Ihre Zukunft alles Gute!«

Fair? Er nannte es fair, sie an einem trüben Montagmorgen im Advent vor die Tür zu setzen? Kurz vor dem Abschluss ihrer fantastischen Kampagne, auf die sie so stolz gewesen war, mit der alle zufrieden waren und die ihr Durchbruch nach ganz oben hätte sein sollen? Sie fühlte sich, als hätte ihr jemand im vollen Lauf ein Bein gestellt. »Das ist ... ist überhaupt nicht fair.«

»Frau Sommer, Sie sind eine erwachsene Frau und sollten wissen, dass man ab einem bestimmten Punkt im Leben die Konsequenzen für sein Handeln übernehmen muss.«

»Aber Herr Meller ... diese E-Mail, die war überhaupt nicht für ihn bestimmt, die hätte er niemals lesen dürfen.«

»Das wäre ihm auch lieber gewesen, glauben Sie mir!« Schneemann schüttelte den Kopf. »Ich verstehe Ihre Denkweise nicht, Frau Sommer! Als ich Sie ins Team geholt habe, Ihnen die Leitung der Kampagne anvertraut habe, da dachte ich ...«

Sophia holte tief Luft. Hier würde sie gleich anknüpfen und sich verteidigen können. Doch sie hatte keine Gelegenheit dazu, denn ihr Chef unterbrach sich und fuhr anders fort. »Nun, so sehr ich mir auch Mühe gebe, ich sehe inzwischen nicht mehr, dass Sie in meine Agentur passen. Und jetzt bitte ich Sie, uns umgehend zu verlassen. Ihre Kollegen werde ich von Ihrem Ausscheiden in einem außerplanmäßigen Meeting informieren.« Mit unbewegter Miene wies er zur Tür. Seine Geste war unmissverständlich. Es war zu Ende.

Der Boden unter ihren Füßen schien zu wanken, als sie aufstand und Schneemanns Büro ohne ein weiteres Wort verließ. Müsste sie jetzt nicht wie eine Löwin um ihren Arbeitsplatz kämpfen? Doch sie fühlte sich einfach nur matt. Niedergeschlagen. Leer. Hatte sie nicht vor drei Tagen noch für ihre Kampagne gebrannt?

Niemand sprach sie an, alle hielten die Köpfe gesenkt, als Sophia die Agentur – 15 Minuten nachdem sie sie betreten hatte – wieder verließ. Selbst Mel und Andrea schienen wie vom Erdboden verschluckt. Vielleicht war es besser so, denn Sophia hätte ihre Tränen nicht zurückhalten können.

• • •

Lukas war noch zu Hause, als sie eine Stunde später die Wohnungstür aufschloss. Es roch nach Kaffee und gebratenen Eiern. Wie sie nach Hause gekommen war, wusste sie nicht. Die Minuten nach dem Verlassen ihres Büros waren wie gelöscht. Den Weg zurück nach Wannsee schien sie in Trance zurückgelegt zu haben.

»Sophia?« Lukas steckte den Kopf durch die Küchentür und sah sie verwundert an. »Hast du was vergessen?«

Sie schüttelte den Kopf und ließ sich einmal mehr kraftlos auf die Bank im Flur fallen.

»Du bist ja käsebleich.«

»Ich bin gefeuert worden«, sagte Sophia leise und hoffte noch immer, das alles wäre nicht wahr, sie würde träumen und gleich aufwachen, wie neulich nach dem schrecklichen Kekstraum. Doch Lukas, der sich neben sie setzte und ihre Hand in seine nahm, fühlte sich ganz und gar real an.

»Also doch.«

»Ich habe es die ganze Zeit über geahnt, dass es dieses Mal nicht gut für mich ausgeht.«

»Soll ich heute bei dir bleiben?«, fragte Lukas fürsorglich. »Möchtest du dich aussprechen?«

Sophia schüttelte den Kopf. »Ist schon in Ordnung«, antwortete sie. »Es ist besser, wenn ich ein bisschen alleine bin und erst einmal verstehe, was da eigentlich gerade passiert ist.«

Lukas schien zu spüren, dass sie nicht über den Grund ihrer Kündigung reden konnte, und sie war ihm dankbar, dass er nicht weiter nachbohrte.

»Sicher?«

Sie nickte.

»Wenn du es dir anders überlegst und mich brauchst, rufst du mich an, okay?«

»Okay.«

Als er wenig später die Tür hinter sich schloss, stürzten die Emotionen auf sie ein, als hätten sie auf den besten Moment gelauert, um sie eiskalt zu erwischen. Ihre ganze Existenz, alles, worauf sie die letzten Monate über hingearbeitet hatte, wofür sie morgens aufgestanden und weshalb sie abends erschöpft, aber zufrieden ins Bett gefallen war … dahin! Schneemann war ein bösartiger, hinterhältiger, gemeiner Mensch, der sie vernichten wollte, und niemand aus der Agentur hatte ihr beigestanden. Sie hatten nicht einmal gefragt, warum sie nur ein paar Minuten nach ihrem Eintreffen schon wieder aufbrach. Stattdessen hatten sie die Köpfe über die Tastatur gesenkt und so getan, als würden sie in Arbeit ersticken und nicht mitbekommen, was ablief.

Auf die Wut folgte Selbstmitleid. Wollte das Schicksal nicht, dass sie aus dem Schatten ihrer kleinbürgerlichen Familie trat? Sie hatte doch wirklich alles versucht, um sich ein eigenes, ein glanzvolles und schillerndes Leben aufzubauen, und nun, wo ihr Traum zum Greifen nahe war, zerplatzte er wie eine Seifenblase.

Ein Unglück kommt selten allein, so sagte man doch.

Was würde als Nächstes passieren?

Würde Lukas sie verlassen?

Sophia warf sich auf ihr Bett und weinte, bis sie schließlich erschöpft einschlief.

• • •

»Du stehst bitte auf, gehst duschen und setzt dich zu mir an den Tisch. Ich koche dir, während du dich wäschst, eine Brühe mit Nudeln und überwache dich so lange, bis du sie ausgelöffelt hast.«

Lukas, der wider Erwarten nicht nur am ersten Abend nach ihrem Rausschmiss, sondern auch an den beiden folgenden nach Hause gekommen war, stand vor ihrem Bett und sah sie ärgerlich an. Seit sie sich in den Schlaf geweint hatte, war sie nur kurz aufgestanden, wenn sie Durst verspürte oder zur Toilette musste.

Sie konnte sich riechen und wusste, dass er recht hatte. Sie brauchte ein Bad, eine Haarwäsche und etwas Warmes in den Bauch. Nach drei Tagen ohne Nahrung würde sie wahrscheinlich spielend in die nächstkleinere Kleidergröße passen. Sie spürte förmlich, wie sie schrumpfte, während sie Stunde um Stunde im Bett lag. Und es fühlte sich furchtbar an.

Und wozu das Ganze? Es würde keine Weihnachtsparty

geben, auf der sie im Cocktailkleid glänzen könnte. Niemand würde ihre Modelfigur bewundern. Sie könnte nicht einmal Andrea auslachen, die mit Sicherheit die Wette verloren hatte und deshalb vor Schneemann auf dem Tisch tanzen musste. Alles, was sie getan hatte – gearbeitet, gehungert, die Zähne zusammengebissen –, war umsonst gewesen. Ihr ganzes perfektes, durchgestyltes Leben war ihr innerhalb einer Minute um die Ohren geflogen. Sie wünschte, sie würde jetzt gleich aus einem bösen Traum erwachen, Lukas würde sie auf die Nase küssen und ihr sagen, wie sexy sie aussah. Und ob da irgendwo an ihrem Körper ein kleines Pölsterchen saß, wäre ihr für immer und ewig vollkommen egal.

Sophia spürte, dass Lukas wartete. Sie nickte matt, erhob sich mühsam aus dem Bett und streifte ihren Pyjama ab. Im Spiegel sah sie keine bewundernden Blicke, sondern Lukas' entsetztes Gesicht, als er ihre knochige Gestalt betrachtete.

»Himmel, Sophia, was ist eigentlich mit dir los?«

Sie fühlte sich zu erschöpft, um ihn anzuschreien und ihn zu fragen, wie es ihm wohl ergehen würde, wenn jemand seine heiß geliebte Gitarrenwerkstatt in die Luft jagen würde.

»Du weißt genauso gut wie ich, dass du eine neue Stelle finden wirst«, sagte er, als hätte er ihre Gedanken gelesen. »Aber nicht, wenn du dich vorher zu Tode hungerst.«

»Das weiß ich eben nicht«, sagte sie schluchzend. »Ich weiß gar nichts, ich bin ... bin so ... so alleine.« Indem sie es aussprach, begriff sie, wie sehr sie den Nagel auf den Kopf getroffen hatte. Niemand hatte sie angerufen und sich nach ihrem Befinden erkundigt, seit sie im Bett lag und sich elend fühlte. Weder Mel noch irgendein anderer Kollege aus der Agentur.

Das Schicksal hatte die Taste »Löschen« gedrückt, und nun war dieser Teil ihres Lebens einfach nicht mehr da.

Kapitel 6

»Ich kann heute nicht zu Hause bleiben.« Lukas wand sich langsam, aber entschieden aus Sophias Umarmung. Sie seufzte leise, ließ ihn jedoch aufstehen. Es war 6 Uhr morgens. Die Welt draußen lag finster da. An der Fensterscheibe klebten Schneeflocken zwischen Regenspuren. Wie trostlos!

Im Grunde hätte Sophia froh sein können, dass sie nicht aufstehen musste, wenn sie nicht wollte. Aber bei der Vorstellung, dass soeben ein weiterer langer Tag ohne ihre geliebte Arbeit angebrochen war, verspannte sie sich.

Lukas war, nachdem er sie gezwungen hatte aufzustehen und etwas zu essen, am nächsten Tag nicht in seine Werkstatt gegangen, sondern bei ihr geblieben, was sie ihm hoch anrechnete. Sie hatten geredet und diskutiert, sich gestritten und wieder versöhnt. Leicht war das nicht gewesen, vor allem, weil Lukas sie trotz ihrer schwierigen Situation nicht mit Samthandschuhen anfasste.

»Du kannst ganz schön austeilen«, hatte er ihr vorgeworfen. »Da darfst du selbst nicht zimperlich sein.«

Ihr war zwar keine einzige Situation eingefallen, in der

sie »ausgeteilt« hatte (er würde doch, vor allem angesichts ihrer aktuellen Probleme, nicht immer noch auf diesem einen Satz gegenüber Annabell herumreiten?), und sie schmollte eine Stunde, nachdem er das gesagt hatte. (Wer teilte hier eigentlich aus?) Aber letztlich hatte sie sich noch elender gefühlt, wenn sie sich anschwiegen, als wenn sie lauthals stritten. Und so hatten sie eben weitergestritten.

Vielleicht hatte das mal sein müssen, dachte Sophia, als sie an diesem Tag ein paar Stunden später das Bett verließ und unter die Dusche stieg. Anschließend fühlte sie sich gereinigt. Nicht nur äußerlich. Auch innerlich.

Schmerz und Enttäuschung waren einer zaghaften Zuversicht gewichen. Natürlich würde ihr Leben weitergehen. Lukas hatte ihr klargemacht, dass jede Krise eine Chance beinhaltete und dass ihr Verhalten in den letzten Tagen, speziell im Hinblick auf die Gewichtschallenge, ziemlich übertrieben gewesen war.

Mit etwas Glück gab es für Sophia noch eine Erfolgsaussicht. Natürlich hatte Schneemann hart reagiert, aber wenn sie sich wirklich und aufrichtig bei ihm entschuldigte? Würde er das nicht akzeptieren? Ihr noch einmal – ein letztes Mal – eine Chance geben? Die sie nutzen und sich nie, niemals wieder in krude Spielchen hineinziehen lassen würde?

Nach der Dusche cremte sie sich ein, schminkte sich, föhnte ihr Haar und zog sich ein Kleid an. Es saß nicht mehr ganz so perfekt wie noch vor Kurzem. Sie hatte sogar an den Brüsten abgenommen und müsste für ein volles Dekolleté eigentlich einen Push-up tragen, und ihre Schlüsselbeine standen viel zu deutlich hervor. Lukas hatte recht gehabt, diese Challenge war glatter Blödsinn gewesen.

Sie lächelte sich aufmunternd zu. Figur hin oder her, es gab jetzt Wichtigeres.

Würde Schneemann wirklich auf ihr kreatives Potenzial verzichten?

Sophia nahm ihr Handy und scrollte zu Mels Handynummer. Sie würde ihre Kollegin anrufen und fragen, wie die Stimmung nach ihrem Abgang war. Wurde sie vermisst? Hatte vielleicht einer der Kollegen beim Chef ein gutes Wort für sie eingelegt? War die Tür vielleicht doch noch nicht ganz zu?

»Hey, Süße«, sagte sie, als Mel abnahm.

Am anderen Ende herrschte einen Moment lang Schweigen. »Warte mal!«, hauchte Mel schließlich.

»Ich geh mal kurz an die frische Luft«, hörte Sophia sie sagen. Nervöses Kichern. »Kopfschmerzen und so!« Stühlerücken, Türknarren und schließlich der Straßenlärm.

»Sag mal, geht's noch?«, zischte Mel entrüstet. »Wieso rufst du mich im Büro an und nicht zu Hause?«

»Weshalb denn nicht?« Sophia stellte fest, dass sie sich kleinlaut anhörte. Mels harscher Tonfall überraschte sie.

»Hast du es nicht kapiert?«

»Was denn?«

»Echt mal, Sophia! Du musst doch verstehen, dass ich mit dir nicht fröhlich während der Arbeitszeit quatschen kann, nachdem Schneemann dich gefeuert hat.«

»Es ist ...« Sophia räusperte sich. »Meinst du wirklich, er kann auf mich verzichten? Jetzt, zwei Wochen vor Abschluss der Kampagne. Wer soll denn meine Arbeit übernehmen?«

»Träum weiter, wenn du nicht glauben willst, dass er längst auf dich verzichtet hat.«

Es machte klick und das Gespräch war unterbrochen.

»Mel?« Ihre Stimme klang piepsig.

Was war das denn gewesen? Eine eiskalte Abfuhr. Oder?

Ihre Kollegin hatte soeben ihr wahres Gesicht gezeigt. Aber hatte sie das nicht schon immer getan? Und Sophia hatte es nicht wahrhaben wollen? Sich stattdessen gewünscht, sie und ihre Kollegen könnten ein tolles Team sein, vielleicht sogar irgendwann Freunde werden? Schließlich verbrachten sie einen großen Teil des Tages zusammen, trafen sich nach der Arbeit manchmal in einer After-Work-Lounge auf einen Cocktail, luden sich gegenseitig zu Feiern ein. War das alles gar nichts wert gewesen?

Sophias Handy klingelte, und sie atmete auf. Mel war anscheinend zur Besinnung gekommen und wollte sich entschuldigen. Doch die Nummer auf dem Display kam Sophia nicht bekannt vor.

»Sommer.«

»Frau Sommer, Klausen hier.« Maria Klausen war die externe Bürokraft der Agentur. »Ich mache gerade Ihre Papiere fertig. Sie erhalten sie nächste Woche per Post. Oder wollen Sie vorbeikommen und sie persönlich abholen?«

»Meine Pa...«

Sophia hatte Glück gehabt, schon während des Studiums bei Schneemanns Agentur angenommen worden zu sein. Sechs Jahre lang hatte sie dort gearbeitet, zuerst als Praktikantin, dann als Assistentin. Sie hatte sich von kleinen Aufträgen hochgearbeitet, bis sie endlich ihre erste Kampagne anvertraut bekam. Nur um von einem Tag auf den anderen abserviert zu werden. Denn dass sie abserviert wurde, daran bestand nun wirklich kein Zweifel mehr. Oder war mit »Ihre Papiere« etwas anderes als ihre Freistellung mit anschließender Kündigung gemeint?

»Per Post ist in Ordnung«, sagte sie mechanisch und ließ das Handy sinken, nachdem Maria Klausen sich für die Antwort bedankt und aufgelegt hatte.

Was jetzt?

Sie musste mit Lukas sprechen! Er musste seine Werkstatt heute eher schließen und zu ihr kommen! Den Finger bereits auf seiner Nummer, ließ Sophia das Handy wieder sinken. Lukas hatte ihretwegen schon gestern nicht gearbeitet. Und jetzt kurz vor Weihnachten gab es für ihn mehr als genug zu tun. Auch wenn ihr gerade ihr Leben um die Ohren flog, sie durfte deswegen nicht auch noch seine berufliche Existenz aufs Spiel setzen.

Konnte das wirklich wahr sein? Dass sie, Sophia Sommer, von einem Tag auf den anderen ohne Job dastand? Dass der Boden unter ihren Füßen zu beben schien? Nur wegen einer fehlgeleiteten Mail? Ihre Fragen setzten erneut eine Endlosschleife angstvoller Gedanken in Gang. Fehlte nur noch, dass Lukas ... Vielleicht war er gar nicht in seine Werkstatt gefahren! Ein kurzer Anruf unter seiner Nummer dort, und sie könnte es überprüfen.

Nein, oh nein! Diese Überlegung verbot sich Sophia.

Lukas kontrollieren? So weit wollte sie nicht sinken. Es gab keinen Grund anzunehmen, dass er sie betrog oder sogar verlassen würde. Auch wenn er ziemlich heftige Kritik an ihrem Verhalten geübt hatte.

Es schien Sophia, als hätten die Kräfte des Universums sich gegen sie verschworen und ihr die Orientierung genommen. Sie hatte immer einen Fuß vor den anderen gesetzt, immer ein Ziel gehabt, auf das sie zusteuerte. Schritt für Schritt. Doch jetzt, in diesem Moment, hatte sie zum ersten Mal im Leben absolut keine Ahnung, wohin sie gehen sollte.

• • •

Am zweiten Advent war Lukas morgens arbeiten gefahren, den Nachmittag verbrachten sie zusammen bei einem Bummel am Wannsee entlang, wobei sie sich gegenseitig auf die sehr unterschiedliche Weihnachtsdekoration an den Häusern aufmerksam machten. Die Stimmung zwischen ihnen war entspannt und friedlich gewesen.

Der Montagmorgen jedoch zog sich zäh wie Kaugummi in die Länge, weil Sophia leider schon um 6 Uhr aufgewacht war und nicht zurück in den Schlaf gefunden hatte.

Gegen 11 Uhr zwang sie sich aus dem Bett, nachdem sie lustlos in verschiedenen Journalen geblättert hatte. In wenigen Wochen würde ihre Kampagne in der Presse erscheinen.

Gerade jetzt fanden die letzten Shootings statt. Glückliche Familien mit pausbäckigen Kindern, die zusammen Gemüse schnippelten. Rüstige Senioren beim Fitnesstraining. Lehrer, die ihren Schülern lächelnd glänzend rote Äpfel austeilten, im Hintergrund an der Tafel das Thema »Was Vitamine können«. Und coole Großstadthipster vor ihrem Kräutergarten auf der WG-Fensterbank.

Alles ohne sie. Dabei war sie gut gewesen. Richtig gut. Die Ideen waren nur so aus Sophia herausgesprudelt! Sie wusste instinktiv, was ihre Auftraggeber sehen wollten. War ein Ass!

Ob sie heute Abend noch einmal bei Mel anrufen sollte? Vielleicht hatte sie neulich nur einen schlechten Moment erwischt, und nach Feierabend wäre sicher ein besserer Zeitpunkt, um mit ihr alles in Ruhe zu besprechen.

Aber andererseits: Niemand aus der Agentur rief sie an. Fragte, wie es ihr ging. Ob man irgendetwas tun oder helfen konnte.

Eine Träne stahl sich aus ihrem Augenwinkel. Hastig wischte Sophia sie weg und biss die Zähne zusammen. Jetzt bloß nicht flennen! Als ob das irgendetwas ändern würde!

Nicht die Tränen unterdrücken! Sie wollen deine Seele sauber putzen.

Oma hatte das immer gesagt, wenn sie als kleines Mädchen versucht hatte, nicht zu weinen. Schon damals wollte Sophia keine Memme und Heulsuse sein. Den Part übernahm Laura für sie beide zusammen. Denn ihre Schwester konnte einfach wegen allem heulen – einem toten Vogel, einer heruntergefallenen Tasse, einer zertretenen Blume. So ein Jammerlappen wollte Sophia nicht sein. Und deshalb weinte sie nicht. Nicht einmal, als ihre Katze Millie gestorben war. Während Laura noch Jahre später zu schluchzen begonnen hatte, als sie den alten Katzenkorb beim Aufräumen auf dem Dachboden gefunden hatten.

Nach dem Adventskaffeetrinken war, das fiel ihr erst jetzt auf, auch kein Anruf mehr von ihrer Familie gekommen. Sophia stellte die Kaffeemaschine an, und während der Espresso in die Tasse lief, öffnete sie den Whatsapp-Chat mit ihrer Schwester.

Heute um 5.55 Uhr war sie zum letzten Mal online gewesen. Wahrscheinlich Frühschicht. Laura arbeitete in einer Drogeriemarktkette im Verkauf. Angeblich der beliebteste Arbeitgeber Deutschlands. Mit den arbeitnehmerfreundlichsten Konditionen, der höchsten Mitarbeiterzufriedenheit und der geringsten Kündigungsrate. Es hieß, wer hier einen Arbeitsplatz bekam, der gab ihn niemals wieder her. Laura war stolz, dazuzugehören.

Sophia schüttelte lächelnd den Kopf, während sie den Espresso trank. Die Drogeriemarktkette hatte zu 100 Prozent eine Topagentur engagiert und sich diese Imagekampagne einen Haufen Geld kosten lassen. Es war schon faszinierend, wie Menschen beinahe rund um die Uhr und in allen möglichen Lebensbereichen manipuliert wurden.

Andererseits war ihre Schwester sichtbar zufrieden mit ihrem Leben. Sie liebte ihre Arbeit und ihren Mann. Und die kleine Annabell war ihrer beider Ein und Alles. Besser hätte eine Werbekampagne Familienleben auch nicht zeigen können.

Achtung! Bitte vormerken! Schul-Weihnachtsfeier am 5.! Mitte November hatte Laura ihr das geschrieben. *Kommst du?*

Sophias Antwort war knapp ausgefallen. *Vielleicht.*

Was Laura nicht davon abhielt, fröhlich weiter zu texten: *Das wäre so toll! Bisschen Geld mitbringen, es gibt einen Kuchenbasar. Die Einnahmen sind für das Afrikaprojekt der Schule.*

»Das Afrikaprojekt«! Dieses Projekt konnte so ziemlich alles oder nichts sein. Sollte man nicht ein bisschen genauer hingucken, wofür man spendete?

Solche Schulveranstaltungen waren laut, voll und deshalb anstrengend, und sie fanden eigentlich immer dann statt, wenn Sophia noch im Büro sitzen musste. *Weiß nicht, ob ich Zeit habe.* Das entsprach zwar der Wahrheit, klang aber trotzdem lieblos, wie Sophia feststellen musste.

Ein Blick auf den Wandkalender zeigte ihr, dass bereits der 8. Dezember war. Und Laura sich seit dem Adventskaffeetrinken nicht mehr gemeldet, geschweige denn nachgehakt hatte, ob mit Sophias Besuch bei Annabells Weihnachtsfeier zu rechnen sei.

Anscheinend war sie noch sauer wegen Sophias ungeschicktem Satz beim Adventskaffeetrinken.

Sophia seufzte, suchte nach Annabells Kontakt und vergrößerte das Profilbild ihrer Nichte. Es zeigte sie in einem albernen Engelskostüm, in dem sie leider noch molliger aussah, als sie ohnehin schon war. Die letzte Kontaktaufnahme stammte vom Samstag vor dem Kaffeetrinken.

Freu mich auf deinen Besuch, meine schöne Tante!

Sophia scrollte durch die Nachrichten.

Mama hat mich im Ballett angemeldet. Oma geht immer mit mir hin, weil ich noch nicht alleine U-Bahn fahren soll. Darunter ein Selfie mit Sophias Mutter. Oma und Enkelin grinsten breit.

Guck mal, ich hab ein neues Flötenstück geübt. Das spiele ich dir auch mal in echt vor. Dazu ein Filmchen. Annabell musizierte richtig schön. Und Sophia begann sich zu schämen.

Guck mal, Sophia, beste Tante, der Osterhase war fleißig. Hast du ihn vorbeigeschickt? Ich heb dir ein Schokoei auf. :-) Ein Foto von Annabell mit Osterkörbchen.

Wann kommst du mal wieder zu mir, Tante Sophia? Ich hab im Hort einen Blumentopf für dich bemalt. Da ist auch Erde drin. Und eine Tulpe. Das sind nämlich Zwiebeln. Lustig, oder? Hast du gewusst, dass Zwiebeln so schön blühen? Jetzt mag ich sie gar nicht mehr essen.

Eigentlich niedlich, was Annabell so schrieb. Und an ihrer Rechtschreibung war nichts auszusetzen. Da kam sie zum Glück nicht nach ihrer Mutter, die in der Schule lieber geträumt als aufgepasst hatte und deshalb eine ziemliche Niete gewesen war.

Annabells Nachrichten zogen sich quer durch das Jahr.

Sophia schluckte. Sie hatte ihrer Nichte seit einem Dreivierteljahr, genauer gesagt, seit sie an dem Auftrag für Meller gearbeitet hatte, kein einziges Mal geantwortet.

• • •

Der Drogeriemarkt lag mitten auf der Wilmersdorfer.

Duschgel, Putzmittel, Shampoo ... so ziemlich alles war leer oder fast leer und ihre polnische Haushaltshilfe hatte sich in einen einmonatigen Weihnachtsurlaub verabschiedet. Ob Sophia wollte oder nicht, sie musste einkaufen gehen. Sie hasste es, wenn im Bad die Kacheln kalkfleckig aussahen. Was beim Berliner Wasser ziemlich schnell geschah.

Warum also nicht bei Laura vorbeisehen? Schließlich bekam sie, wenn ihre Schwester an der Kasse saß, einen Mitarbeiterrabatt von zehn Prozent, was sich bei einem Großeinkauf, wie sie ihn plante, durchaus lohnte.

Der Markt quoll beinahe über vor Kunden. Wie auch in all den anderen Geschäften waren die Leute emsig auf der Suche nach Weihnachtsgeschenken, legten hübsch verpackte Pflegesets und Parfüm in ihre Einkaufswagen. Am Regal mit den Bio-Lebensmitteln traf Sophia ihre Schwester im Gespräch mit einer Kundin an. »Nein, Erdmandeln sind nicht das Gleiche wie Mandeln«, erklärte sie gerade. »Sie schmecken allerdings ganz ähnlich und sind sehr gesund. Und sogar glutenfrei. Und zum Plätzchenbacken können Sie die auch benutzen.« Die Kundin bedankte sich, legte sichtlich zufrieden eine Packung in ihren Einkaufswagen und schob ihn weiter.

»Hi, Laura!«

Ihre Schwester, die Sophia bisher nicht bemerkt hatte (oder nicht bemerken wollte?), zuckte zusammen. »Ach, du!«

Tatsächlich! Keine sehr euphorische Begrüßung für

Laura, die ihr normalerweise um den Hals fiel, wenn sie sich trafen. Der unschöne Abschluss des Adventskaffeetrinkens stand ganz klar noch zwischen ihnen.

»Wie geht's?«

»Soweit okay. Hab aber viel zu tun.« Laura zeigte auf einen Einkaufswagen voll Biolebensmittel. »Wir haben eine Menge neuer Produkte im Sortiment. Die verkaufen sich sehr gut.«

»Amaranth-Gojibeeren-Riegel. Was soll das sein?«

»Bist du wegen einer Ernährungsberatung hergekommen?« Für Lauras Verhältnisse klang sie geradezu zickig.

»Ich muss ein bisschen einkaufen.«

»Um diese Zeit?«

Mist! Wie dumm war Sophia eigentlich gewesen? Am frühen Nachmittag saß sie normalerweise in ihrem Büro in Mitte und ging sicher nicht meilenweit von ihrem Arbeitsplatz entfernt auf der Wilmersdorfer schlendern. Jetzt musste sie improvisieren, denn das Letzte, was sie wollte, war, dass ihre Familie von ihrer Situation Wind bekam. Die bestürzten Gesichter, die gefühlt tausend besorgten Fragen, die auf sie hereinprasseln würden ... dazu war Sophia noch nicht bereit. Und auch nicht dafür, die Wahrheit zu sagen: dass sie ihre Arbeit wegen ihrer eigenen Dummheit verloren hatte.

»Ich ... wir ... äh ... ein Meeting. Meeting mit einem Kunden, ganz in der Nähe, und da dachte ich, ich komm mal bei dir vorbei.«

Laura wirkte noch ein wenig verständnisloser, wenn das

überhaupt möglich war. Und noch etwas lag in ihren hellblauen Augen. War es Zorn?

»Du hast Nerven, Sophia!«

»Weil ich einkaufen will?« Sie hatte sich wieder im Griff.

»Weil du hier aufkreuzt und so tust, als wäre alles in Butter.«

»Ist es das denn nicht?« Sie tat unbeteiligt und kam sich gleichzeitig albern dabei vor. Natürlich war nichts, aber auch gar nichts in Butter.

Plötzlich schimmerten Tränen in Lauras Augen.

Oh nein! Nicht doch! Ihre Schwester würde in einem Laden voll mit Menschen doch wohl nicht anfangen zu weinen!

»Hast du wirklich keine Ahnung?«, zischte Laura. »Oder bist du so ein eiskaltes Aas?« Die Tränen blieben, wo sie waren. »Weißt du, wie schlecht es Annabell geht, seit du diesen ... diesen bescheuerten Kommentar abgelassen hast?«

»Kapiert ihr das denn alle nicht?« Sophia musste an Lukas' tadelnde Worte denken und fühlte sich zunehmend überfordert. Sie konnte wirklich nicht noch mehr Druck gebrauchen und jetzt spielte auch noch ihre Schwester, das lebende Unschuldslamm, verrückt. Sophia hätte den Satz nie zu Annabell sagen dürfen, trotzdem war diese unglückliche Situation nicht allein ihre Schuld. »Das ist mir rausgerutscht, weil ihr mich in die Mangel genommen habt, dass ich Annabell ins Fernsehen bringen soll. Ihr habt mich weder ausreden noch erklären lassen!«

»Mag sein«, gab Laura zu. »Mag sein, dass wir dich

bedrängt haben. Und mag sein, dass wir dich damit genervt haben. Aber warum hast du deinen Ärger nicht an uns, an Philipp oder mir, ausgelassen? Warum an Annabell?«

Sophia wollte etwas erwidern, doch ihr Widerspruchsgeist entwich aus ihr wie Luft aus einem kaputten Ballon.

Ihre Schwester hatte recht!

»Laura, ich …« Sie brach ab, wusste nicht, was sie sagen sollte. Neuerdings schienen ihr, immer wenn es darauf ankam, die richtigen Worte zu fehlen. Das war im Büro von Schneemann genauso gewesen.

Oder gab es sie gar nicht in ihrer Situation? Die richtigen Worte, die die anderen überzeugen würden, dass sie nicht schuld war?

Wie glaubwürdig wirkte sie, wenn sie großspurig einen völlig gestörten Tipp zum Abnehmen versandte, während sie gleichzeitig an einer Gesundheitskampagne arbeitete? Welche gute Begründung konnte sie dafür liefern, dass sie ein neunjähriges Mädchen, das sie eigentlich lieben und beschützen sollte, bloßstellte, weil sein Äußeres nicht ihren Vorstellungen entsprach?

Sie wusste, dass ihre Schwester auf eine Antwort wartete.

Ihr fiel keine ein.

»Weißt du was?« Laura wandte sich wieder ihrer Arbeit zu. »Mach deinen Einkauf! Ich kassier dich ab, wenn du fertig bist, damit du deine Prozente kriegst, und dann möchte ich dich vorläufig nicht mehr sehen.«

»Laura, nein! Das ist ... ist doch lächerlich!« Was war nur mit ihrer gutmütigen Schwester los?

»Nein, daran ist nichts lächerlich.« Laura schaffte es tatsächlich weiterhin, ihre Tränen zurückzuhalten, obwohl sie sichtlich mit ihren Gefühlen kämpfte. »Das ist mein Ernst. Du kannst nicht meine Tochter fertigmachen und hinterher schweigend darauf warten, dass dich alle wieder lieb haben!«

Sophia sah, dass sie und Laura im Moment nicht weiterkamen, und wollte am Arbeitsplatz ihrer Schwester keine Aufmerksamkeit erregen. Einige Kunden guckten schon. Sie drehte sich um, schritt hastig durch die Regale, raffte ein paar Sachen zusammen, bezahlte bei Lauras Kollegin und verließ das Geschäft. Sie hatte ihre sanftmütige Schwester noch nie so unnachgiebig erlebt.

Kapitel 7

Wieder ein Tag allein zu Hause, die Stunden schlichen träge dahin. Sophia hatte Staub gesaugt, das Bad geputzt und war ein bisschen einkaufen gewesen. Seitdem sie ein paar Tage lang vor Kummer nichts gegessen hatte, fühlte sie sich oft müde und schlapp. Lukas hatte ihr eindringlich klargemacht, dass sie Nahrung brauchte. Es musste ja kein Weihnachtsbraten sein, aber etwas Gemüse, Quark, Joghurt, mal ein Müsli oder einen Apfel.

Er sah nicht, dass ihr Elend im Moment in erster Linie daher rührte, dass sie sich langweilte. Außer ein bisschen Hausarbeit erledigen, gab es für sie, die noch vor wenigen Tagen 60 Stunden in der Woche gearbeitet hatte, nichts zu tun.

Da wäre allerdings noch das Grübeln. Grübeln und nochmals grübeln, dazu in Selbstmitleid baden und die Welt nicht verstehen. Warum hatten sich alle und alles gegen sie verschworen?

Mechanisch löffelte Sophia eine kleine Portion Haferflocken mit Milch und fühlte sich tatsächlich ein wenig besser danach. Sie nahm ihr Handy in die Hand und scrollte durch ihre Kontakte. Sollte sie Lukas anrufen?

Besser nicht, er hatte wirklich mehr als genug zu tun, hängte in letzter Zeit jeden Tag Überstunden dran. Was ihre Einsamkeit noch verstärkte.

Mel.

Andrea.

Schneemann. (Die Nummer könnte sie wohl löschen.)

Sonja.

Ben.

Melina ... usw. Der Großteil der gespeicherten Einträge waren Arbeitskontakte, dazu noch die Nummern einiger Arztpraxen und ihrer Kosmetikerin.

Und der Familie.

Der letzte eingegangene Anruf auf Sophias Handy war über eine Woche her. Am Freitag vor ihrem Rausschmiss. Seitdem nichts mehr. Sie hatte verschiedene Leute angerufen, nur deren Mailboxen erwischt, etwas draufgesprochen und auf Rückruf gewartet. Nichts.

Dabei hatte bis zu jenem verhängnisvollen Tag ihr Handy ununterbrochen geklingelt. Sie war eine von den Frauen gewesen, die gleichzeitig telefonieren, Auto fahren und einen Kaffee to go trinken konnten. Und dabei ziemlich gut aussahen, im Kostüm oder Hosenanzug, geschminkt, das Haar gestylt, die Figur top in Form. Sie hätte das Produkt einer ihrer eigenen Kampagnen sein können. Bis vor einer Woche jedenfalls. Jetzt war das alles vorbei. Diese Sophia Sommer gab es nicht mehr.

Die neue Sophia Sommer saß auf der Couch und wartete darauf, dass der Tag verging.

Die neue Sophia Sommer wagte es nicht, andere Agenturen anzurufen. Die würden spätestens im Vorstellungsgespräch Fragen stellen. Und augenblicklich sah sie sich nicht in der Lage, zu erklären, warum sie sich ausgerechnet zwei Wochen vor Abschluss ihrer Kampagne nach einem neuen Job umsah.

Lukas hatte ihr geraten, bis zum neuen Jahr zu warten und dann richtig durchzustarten. »Du brauchst ein bisschen Pause«, hatte er gesagt, während er ihr übers Haar gestrichen hatte. »Komm erst einmal wieder zu dir. Deine Kündigung wird in drei Monaten wirksam, du hast also etwas Zeit. Und bis dahin hast du garantiert einen neuen Job.«

Aber wie sollte sie das anstellen? Das Zu-sich-Kommen? Das war doch auch bloß eine Floskel, die irgendeiner ihrer Kollegen erfunden hatte, oder?

Eine Träne drängelte sich aus Sophias Augen. Sie presste die Zähne zusammen. Nein, sie würde nicht heulen. Nie und nimmer.

Sie musste raus aus der Wohnung, sonst würde sie über kurz oder lang verrückt werden. Ohne weiter nachzudenken, rief Sophia ihre Kosmetikerin an.

»Sie haben Glück!«, sagte sie auf Sophias Frage nach einem zeitnahen Termin. »Es hat jemand abgesagt. Können Sie in einer Stunde hier sein?«

Sophia bejahte und fühlte sich regelrecht euphorisch,

nachdem sie aufgelegt hatte. Ein Termin! Sie hatte einen Termin!

Blitzschnell tauschte sie ihre formlosen, aber gemütlichen Relaxklamotten gegen Jeans und Kaschmirpulli, schnappte sich den Autoschlüssel und sauste wenig später in Richtung Schöneberg. Zu ihrer Kosmetikerin ging sie schon, seit sie ein Teenager gewesen war, und hatte nie einen Grund zum Wechseln gesehen, trotz des Anfahrtswegs.

• • •

»Sie sind aber schmal geworden!«, begrüßte Frau Walther Sophia. »Waren Sie krank?«

Sophia hüstelte, dann atmete sie tief durch. Das war sie! Die ideale Ausrede für alle, die sie in den nächsten Tagen und Wochen fragen würden, warum sie tagsüber im Drogeriemarkt/bei der Kosmetikerin/auf dem Marktplatz oder wo auch immer auftauchte.

»Ja, ich bin länger krankgeschrieben«, antwortete sie. »Aber keine Sorge, es ist nichts Ansteckendes. Mit dem Magen, wissen Sie?«

»Ach je, und das im Advent«, wurde sie prompt bedauert. »Wo doch an Weihnachten jeder schlemmen und gut leben will.«

»Bis Heiligabend bin ich bestimmt wieder fit«, beteuerte Sophia.

Wohlig streckte sie sich auf der vorgewärmten Kosmetikliege aus, wo Frau Walther ihr die Haare zurückband und eine blumig duftende Reinigungslotion auftrug. »Sie haben so zarte Haut. Die braucht im Winter eine gute und reichhaltige Pflege.«

Eine Weile schwiegen sie. Sophia genoss die sanften Berührungen und träumte sich weg. Sie war wieder die erfolgreiche Kampagnenleiterin, die sich auf der Weihnachtsfeier der Firma von allen feiern und bewundern ließ.

»... Dekoration angesehen?«

»Was? Wie bitte?«

»Ob Sie schon die schöne Dekoration in Ihrem Laden angesehen haben?«

»In meinem Laden?«

Sie hätte es wissen müssen. Natürlich kannte Frau Walther ihre Familie, und es war unausweichlich, dass sie Fragen stellte.

»Im Laden Ihrer Familie, meine ich. Aber als kleines Mädchen haben Sie gesagt, dass Sie das Geschäft Ihrer Familie übernehmen, wenn Sie groß sind.«

»Du lieber Himmel!« Sophia lachte gekünstelt. »Das soll ich gesagt haben?«

»Ihre Großmutter hat es erzählt, als sie letztens zur Fußpflege bei mir war.«

»Dann hat sie Ihnen bestimmt auch erzählt, dass ich inzwischen als Texter und Copywriter in einer Werbeagentur arbeite und Leitungsverantwortung trage?«, fragte Sophia leicht patzig.

»Natürlich hat sie das«, erwiderte Frau Walther, stellte

den Bedampfer an und richtete ihn auf Sophias Gesicht. »So ist das mit den Kindern, das wissen wir doch alle. Mein Thomas wollte immer Lokführer werden – seine ganze Kindheit über –, und heute arbeitet er in einer Bank. Das nimmt den Kindern doch keiner krumm. Die müssen machen, was sie für richtig halten. Meine Tochter hat mit Kosmetik nichts am Hut und wird mein Geschäft jedenfalls nicht übernehmen.«

Während der Dampf Sophias Gesicht einhüllte und Frau Walther zum Glück keine weiteren Fragen stellte, gingen ihr die letzten Sätze der Kosmetikerin durch den Kopf. Ob eigentlich Laura daran dachte, den kleinen Laden zu übernehmen? Möglich wäre es. War diese Absicht vielleicht der Grund gewesen, warum Laura nach der Schule eine Lehre im Einzelhandel absolviert, mit nie gekanntem Eifer gebüffelt und mit besten Ergebnissen beendet hatte?

Sophia hatte ihre Schwester nie danach gefragt.

Der Laden war das Lebenswerk ihrer Familie. Die beiden Schwestern waren quasi darin aufgewachsen, so wie Jahrzehnte zuvor ihr Vater. Ihre Großmutter arbeitete dort, seit sie 14 Jahre alt geworden war und die Volksschule verlassen hatte. Manchmal hatte Sophia sich gefragt, warum ihre Familie nie versucht hatte, sich etwas Besseres aufzubauen. Papa war ein Ass in der Schule gewesen, er hätte Abitur machen und studieren können. Stattdessen hatte er sich – mit voller Überzeugung und von ganzem Herzen, wie er sagte – mit dem altmodischen Familiengeschäft begnügt. Und altmodisch war es bis an die Schmerzgrenze. Da würde auch eine Top-Kreativagentur nichts herausreißen können, außer sie würde das ganze Konzept auf den Kopf stellen. Einmal abreißen und komplett neu bauen.

Am besten wäre es wahrscheinlich, den Laden zu schließen, warf er doch kaum mehr als das Nötigste ab. Soweit Sophia davon etwas mitbekam, hatte sich ihre Familie schon öfter in Geldnöten befunden. Es war einerseits berührend, dass sie so eisern an ihrem Geschäft festhielten. Andererseits: Wäre nicht vieles leichter gewesen, hätten sie den Laden dichtgemacht und sich eine sichere Anstellung gesucht? Oma hätte mit 60 in Rente gehen können, statt noch heute jeden Tag im Laden zu stehen.

Frau Walther hatte jedenfalls recht. Kinder taten, was sie wollten, und das war auch gut so. Dankbar stellte sie fest, dass ihre Familie nie versucht hatte, sie davon abzuhalten. Sie war ihren eigenen Weg gegangen. Und sie würde sich nicht davon abbringen lassen, auch wenn es aktuell Schwierigkeiten gab. Sie war kreativ und sie liebte ihren Beruf, und deshalb würde sie ihn nicht aufgeben.

Mit einem Mal konnte Sophia verstehen, warum ihrer Familie das Geschäft so wichtig war.

Während die Gesichtsmaske wirkte, schlief sie ein und wachte erstaunlich entspannt auf, als Frau Walther sie antippte. Wenig später beglich sie ihre Rechnung und verließ den Salon.

Vor ihrem Auto blieb sie abrupt stehen. Was hatte die Kosmetikerin sie gefragt? Dekoration. Mehr hatte Sophia nicht mitbekommen, aber sie wusste auch so Bescheid. Sie drehte sich um, lief am Salon vorbei und ein paar Meter weiter. Da war es, das Familiengeschäft:

Frühling, Sommer, Herbst und Winter.

Wobei »Sommer« fett geschrieben stand. Eine Anspielung auf die Eigentümer. Irgendwann in den 50er-Jahren war der Name des Ladens sicherlich einmal frisch gewesen. Heute eher ein wenig altmodisch.

Lebensmittel für jede Jahreszeit.

Die Existenzgrundlage der Familie Sommer. Man konnte auch Kramladen dazu sagen. Oder Tante-Emma-Laden.

Irgendwann in den Achtzigerjahren des vergangenen Jahrhunderts, als überall die Supermärkte aus dem Boden gewachsen waren, hatte es eine Zeit gegeben, wo man öffentlich bedauerte, dass die kleinen Einzelhändler reihenweise schließen mussten, weil sie nicht konkurrenzfähig waren. Aber danach krähte heute kein Hahn mehr. Die Sommers hatten den Laden mit seinem Mini-Sortiment nur halten können, weil sie einen Paketshop mit an Bord genommen hatten, der ihnen zusätzliche Einnahmen bescherte.

Sophia hatte nicht vor hineinzugehen und ihrem Vater oder ihrer Großmutter »Hallo« zu sagen. Erstens würden auch sie sich wundern, dass Sophia am Tag Zeit hatte, und zweitens kämen sie sicherlich auf Annabell zu sprechen. Sie blieb vor dem Laden stehen, dessen kleines Schaufenster wie jedes Jahr mit der uralten bunten Holzkrippe, die schon ihren Urgroßeltern gehört hatte, weihnachtlich geschmückt war. Ihr Opa hatte den Stall, die Figuren und Tiere nach dem

Krieg aus den Trümmern gerettet, zusammengeklebt, repariert und neu bemalt.

• • •

»Kommt ihr mit auf den Boden, Kinder?«

»Ich nicht«, rief Laura. »Da sind Gespenster!«

Sophia lachte laut. »So ein Quatsch! Ich komme mit, Omi!«

Fröhlich hüpfte sie neben ihrer Großmutter die Treppen hinauf. Niemand wusste, dass sie schon seit Tagen diesem Moment entgegengefiebert hatte. Endlich wurden ihre Freunde wieder aus den Pappschachteln befreit, in denen sie fast ein Jahr lang zwischen Blättern aus Seidenpapier sorgsam eingehüllt geruht hatten.

Oma kehrte Spinnweben von den Schachteln ab, dann reichte sie Sophia zwei davon. »Kannst du die tragen?«

Sophia nickte stolz. »Na klar, Omi!«

Vorsichtig legte sie ihren Schatz unten im Hausflur in einen kleinen, altmodischen Handwagen und lief die Treppe so lange hinauf und hinab, bis alle Kartons mit der weihnachtlichen Dekoration darin verstaut waren.

»Darf ich schon zu Papa rüber?«, fragte sie.

Der Laden lag nicht weit von ihrem Zuhause entfernt, und Sophia wollte so lange wie möglich mit ihren hölzernen Freunden spielen, bevor sie die Krippe zusammen mit Oma ins Schaufenster stellte. Großmutter nickte.

Hastig ließ sich Sophia von Mama Mütze, Schal und Handschuhe reichen, zog eine Jacke an und sauste aus dem Haus. Draußen liefen ein paar Kinder mit einem Schlitten vor ihr her und alberten herum. Sie waren dick eingemummelt, aber Sophia erkannte sie natürlich trotzdem. Es waren Julia und Isabella und deren neue Freundin Johanna, die neuerdings zu den beliebten Kindern gehörte und mit Sophia nichts mehr zu tun haben wollte.

Seit sie eingeschult worden waren, hatten die beiden jeden Tag den Nachhauseweg gemeinsam zurückgelegt und dabei einen Abstecher zu Oma und Papa in den Laden gemacht. Johanna war immer mit einem Bonbon, einem Apfel oder einem Eis beschenkt worden, und manchmal, wenn Mama mit Laura unterwegs war oder Johannas Mutter keine Zeit hatte, hatten die beiden hinten im Laden zusammen spielen dürfen. Vor ein paar Monaten hatte Johanna plötzlich weniger Zeit gehabt, und Sophia war die Erste gewesen, die von ihrem großen Geheimnis erfahren hatte. Ihre beste Freundin hatte eine kleine Rolle in einer Fernsehserie bekommen und verbrachte nun viele Nachmittage bei Dreharbeiten. Natürlich war diese Neuigkeit nicht lange verborgen geblieben, und das war der Tag gewesen, an dem sich alles verändert hatte. Denn plötzlich warben die beliebtesten Kinder der Schule um Johannas Gunst.

Sophias Herz tat weh. Johanna war in ihrer freien Zeit jetzt lieber mit Julia und Isabella zusammen, was an sich schon schmerzlich war. Aber noch härter traf Sophia, dass ihre einst beste Freundin über den Laden lachte und sagte, sie und ihre Familie würden lieber in einem Supermarkt einkaufen. »Mama hat mir erzählt, ihr macht sowieso bald Pleite. Die Großen fressen nämlich die Kleinen.«

»Was ist pleite?«, hatte Sophia am Abend ihre Eltern gefragt. Papa hatte es ihr erklärt.

»Ist unser Laden bald pleite?«

»Aber nein, Sophiechen, wie kommst du darauf?«

Ihre Eltern hatten sich alle Mühe gegeben, sie zu beschwichtigen, aber in Sophia nagte die Furcht. Was sollte aus ihnen werden, wenn sie keinen Laden mehr besaßen? Müssten sie wie der alte Jakob auf der Straße leben? Oma gab ihm, wenn er im Laden vorbeikam, immer eine Tüte voll Konservendosen, ein großes Brot und ein Stück Butter.

»Warum bezahlt der nicht?«, hatte Sophia sie einmal gefragt.

»Er hat doch kein Geld«, hatte Großmutter geantwortet und ihm mitleidig hinterhergesehen.

Würden sie auch bald kein Geld mehr haben? Wenn der nächste große Supermarkt ihren kleinen Laden aufgefressen hatte?

Zum Glück sahen die drei in ihr Spiel vertieften Mädchen Sophia nicht. Sie hätten mit Sicherheit über den alten Handwagen gelacht. Hastig bog sie in eine Seitenstraße ein und nahm einen Umweg. Ihr Herz hörte erst auf, ängstlich zu pochen, als sie im warmen, dunklen Hinterzimmer des Ladens den ersten Pappkarton öffnete.

• • •

»Hallo, Berti!«, sagte Sophia leise, während sie ihre alten Freunde betrachtete. »Hey, Jonny!« Sie wusste noch heute jeden einzelnen Namen, den sie den detailgetreu und mit viel Liebe geschnitzten Krippentieren einst gegeben hatte.

Oma hatte ihr oft lächelnd beim Spielen zugesehen. »In deinem Kopf möcht ich mal spazieren gehen«, hatte sie eines Tages zu Sophia gesagt. »Da ist so viel Fantasie drin, da muss es ja herrlich bunt aussehen.«

Als Mädchen hatte sie darüber gelacht, aber insgeheim das Lob ihrer Großmutter nie vergessen. Genau genommen hatten diese Worte sie unglaublich stolz gemacht. Und sie sich zum ersten Mal ihrer Fähigkeiten bewusst werden lassen.

Zwischen Ochs und Eselein liegt das kleine Jesulein …

Mama liebte Musik und hatte mit ihren beiden Töchtern jedes Jahr Weihnachtslieder eingeübt, die sie gemeinsam sangen, während, so lautete die familieneigene Legende, der Weihnachtsmann die Geschenke unter den Baum legte. In Wirklichkeit hatte Mama das längst in einem unbeobachteten Moment getan und danach die Tür zum Wohnzimmer verschlossen. Erst nachdem der letzte Ton verklungen war, durften Laura und Sophia hineinstürmen. Unter einer riesigen geschmückten Tanne lagen die bunt verpackten Päckchen für alle. Nach der Bescherung bereiteten Oma und Mama das Weihnachtsessen zu. Kartoffelsalat und Wiener, mit so viel Ketchup, wie die beiden Mädchen nur wollten …

»Allet in Ordnung mit Ihnen, junge Frau?« Der bärtige Mann, der unbemerkt neben sie getreten war, musterte sie neugierig.

»Warum denn nicht?«

»Na, Sie weenen ja wie 'n Schlosshund, Kleene! Da wird's eenem ja angst und bange.«

»Alles in Ordnung!«, erwiderte Sophia verlegen und wischte sich, weil sie so schnell kein Taschentuch fand, mit dem Ärmel ihrer Jacke über die Augen.

»Dat kommt von Weihnachten, wa? Da wird man janz weich im Herzen, ob man will oda nich.«

Sophia floh, so schnell sie konnte.

• • •

Lächerlich! Unglaublich lächerlich!

Was war neuerdings nur mit ihr los? Wo kamen diese verdammten Tränen her? Sie hatte tatsächlich vor dem Schaufenster des Familien-Kramladens gestanden und geheult wie ein Schlosshund, während sie die hölzernen Tiere mit Namen begrüßt hatte.

Nur zu Hause zu sein bekam ihr nicht. Es war Gift für Sophia, und sie musste das ändern. Unbedingt und so schnell wie möglich.

Es war gerade 18 Uhr und schon stockdunkel draußen. Lukas hatte Anfang Dezember auf dem Wohnzimmertisch einen Adventskranz arrangiert. Hübsch sah das aus, aber Sophia würde sich hüten, ohne sein Beisein zwei Kerzen anzuzünden. Weiß der Himmel, was für krude Erinnerungen dabei auf sie einstürzen würden.

Gerade sie als Werbefachfrau sollte doch wissen, dass Weihnachten nichts weiter als eine gewaltige Konsumschlacht war. Mit etwas Glück machten Händler in dieser Zeit den Umsatz des Jahres. Und die Werbebranche half ihnen dabei, indem sie nach Kräften mit den Emotionen der Menschen spielte. Mit ihren Erinnerungen, ihren Träumen von Familie, Liebe und Harmonie, die in den letzten Jahrzehnten schleichend, aber unauflösbar eine Verbindung mit Geld eingegangen waren. Seinen Lieben hochpreisige

Geschenke zu machen, war als Teil des Festes so unabdingbar geworden wie Kerzenlicht und Christstollen. Da musste geklotzt, nicht gekleckert werden. Weihnachten hatte nur noch für wenige Menschen etwas mit der christlichen Botschaft von Versöhnung und Liebe zu tun.

Oma hatte ihnen früher gelegentlich vom Weihnachten ihrer Kindheit erzählt, wo ein rotbäckiger Apfel und eine Apfelsine im Nikolausstiefel beinahe einem Wunder glichen, während die Kinder bang darauf warteten, ob Papa zu Weihnachten von der Front nach Hause kam. Wenn er überhaupt noch lebte. Heute spielten die Kids auf der Straße mit Äpfeln Fußball. Natürlich konnte ihnen niemand einen Vorwurf machen, weil sie nicht wussten, was ein Leben voll Zerstörung und Angst bedeutete. Die Welt hatte sich um 180 Grad gedreht, und das war gut so. Andere Werte zählten. So war das eben.

Sophia griff nach ihrem Handy und rief ohne zu zögern Mel an.

»Ich brauch meinen Job zurück«, fiel sie mit der Tür ins Haus, als ihre Kollegin, die das Gespräch zum Glück angenommen hatte, sich meldete. »Ich geh hier die Wände hoch.«

Mel seufzte vernehmlich. »Das tut mir leid für dich.«

»Wie sieht's aus? Läuft alles?« Direkt zu fragen, ob sie ohne sie zurechtkamen, wagte Sophia nicht. Sie fürchtete sich vor der Antwort.

»Ich wollte dich auch schon anrufen«, erwiderte Mel, »aber ich habe so wenig Zeit im Moment.«

»Mal ganz direkt!«, sagte Sophia beherzt. Zum Glück sah Mel nicht, wie ihre Hand mit dem Telefon zitterte. »Meinst du, es gibt eine Chance, dass ich zurückkommen kann? Und zwar am liebsten schon morgen? Schneemann kann doch nicht ewig schmollen.«

»Okay«, sagte Mel, und Sophia hörte sie durchatmen. »Schneemann schmollt kein bisschen, er hat dich bereits vergessen.«

»Ach Quatsch!« Es klang wie das berühmte Pfeifen im Walde. »Wer soll die Kampagne leiten, wenn nicht ich?« Das hörte sich selbstbewusster an, als ihr zumute war, aber sie musste alles auf eine Karte setzen.

»Na ja ... Du weißt doch, niemand ist unersetzlich.«

»Was willst du mir damit sagen?«

»Genau das, was ich gesagt habe.«

»Gibt es etwa schon einen Nachfolger für mich?«

»Tatsächlich ist es eine Nachfolgerin. Und sie heißt Melissa Weber.«

»Du?« Sophias Herz machte einen entsetzten Sprung. »Du hast meinen Job übernommen? Ausgerechnet du? Ich ... ich hatte gedacht, du würdest ... würdest für mich ... würdest versuchen, Schneemann zur Vernunft zu bringen. Wir haben doch alles ...«

»Sophia, träum weiter! Ich möchte unbedingt Artdirector werden, genau wie du. Meinst du, ich lasse mir die Chance für einen Schritt in die richtige Richtung nehmen?«

»Aber du bist ... Wir haben die verrückte Challenge

zusammen durchgezogen. Nur deshalb hab ich die verhängnisvolle Mail überhaupt geschrieben.«

»Sophia, du hast gepatzt. Und jetzt beantworte dir bitte in aller Ruhe die Frage: Wie hättest du denn an meiner Stelle gehandelt?«

Auf Mels direkte Frage wusste Sophia keine Antwort und ließ das Handy einfach sinken. Es war ohnehin alles gesagt.

Wie gelähmt blieb sie auf der Couch sitzen und grübelte. Wie hätte sie selbst reagiert? Es war seltsam, dass Sophia – der aufgrund der eigenen Demütigung noch flau im Magen war – die unangenehme Antwort direkt vor Augen stand: Sie hätte es kein bisschen anders gemacht als ihre Kollegin.

Es hatte Momente gegeben, in denen sie und Mel sich nahegekommen waren – bei einem gemeinsamen Essen mit Lukas und Mels Freund, wenn sie zusammen nach der Arbeit noch bummeln gingen oder einen Drink nahmen. Vielleicht hätte eine Freundschaft entstehen können, wenngleich Sophia sich nie ganz sicher war, ob sich Mels spitze Zunge nicht auch gegen sie richtete, sobald sie das Büro verlassen hatte. Nachdem Schneemann ihr die Kampagne anvertraut hatte, war der Eindruck noch stärker geworden. Sie war nicht naiv, sie wusste, dass jeder in der Agentur auf eine große Chance wie diese gewartet hatte. Aber um jeden Preis? War sie so unbeliebt gewesen, dass wirklich keiner ihrer Kollegen ein gutes Wort für sie einlegte? War der Ort, an dem sie sich jahrelang gern aufgehalten hatte, in Wirklichkeit nichts als eine Schlangengrube gewesen?

So sicher sie sich immer gewesen war, die Spielchen der

anderen durchschaut zu haben, jetzt fröstelte es sie doch, und sie sehnte sich mehr denn je nach ehrlicher Zuneigung. War nicht der Sinn von der Arbeit in einem Team und von jeder anderen persönlichen Beziehung, dass man zusammenhielt und füreinander eintrat? Und zwar nicht nur dann, wenn es gut lief? Eine Beziehung war keine Einbahnstraße.

Am liebsten hätte sie ihre Mutter angerufen und sich ausgeweint, wie sie es als Kind getan hatte, wenn alles schwer gewesen war. Aber Sophia war sich schon lange nicht mehr sicher, ob ihre Familie sie und ihre Sorgen verstand.

Als Lukas die Wohnung betrat, lief Sophia ihm entgegen und fiel ihm um den Hals. Es gab nicht mehr viele Menschen in ihrem Leben, auf die sie sich verlassen konnte. Genau genommen war da nur noch Lukas. Wie sehr sie ihn brauchte, konnte sie kaum in Worte fassen. Aber es ihm zeigen, das ging.

Er küsste sie. Sanft und zärtlich, wie er es immer tat, wenn sie sich begrüßten. »Komm, setz dich, ich muss dir etwas sagen, Sophia!«

Kapitel 8

»Pass auf dich auf, ja?« Lukas strich sanft über ihre Wange.

Sophia nickte tapfer, während sie verlegen am Träger seines Rucksacks nestelte, als wäre er verdreht. »Du aber auch, ja?«

Die Warteschlange am Schalter, an dem der Flug von Berlin nach Frankfurt/Main abgefertigt wurde, war lang. So blieb ihnen noch ein wenig Zeit miteinander.

Sophia hatte sich auf die Lippen gebissen und keine einzige Träne vergossen, als Lukas ihr zwei Tage zuvor eröffnet hatte, dass er die Weihnachtszeit bei seiner Familie auf Sumatra verbringen würde. Er hatte Eltern und Schwester lange nicht gesehen, seine vorweihnachtlichen Aufträge waren dank einiger Überstunden erledigt und ausgeliefert, und er konnte es sich leisten, die Werkstatt bis zum Beginn des neuen Jahres zu schließen.

Das Gefühl, die ganze Welt hätte sich gegen sie verschworen, war kurz aufgetaucht, zum Glück jedoch ziemlich schnell wieder verschwunden und hatte einer Nüchternheit Platz gemacht, für die Sophia dankbar war. Sie hatte nicht das Recht, Lukas eine Szene zu machen, weil er Weihnachten mit seinen Eltern verbringen wollte. Und weil er Lust auf Sonne und Wärme verspürte, während Berlin nur schmuddelig graue Kälte zu bieten hatte. Nur eine Frage blieb, und die war schmerzlich: Warum hatte er sie nicht gefragt, ob sie ihn begleiten würde?

Stattdessen waren leise bedrohliche Wörter wie »Abstand« und »Nachdenken« aus seinem Mund gekommen. Sie tat gewohnheitsmäßig, was sie immer tat, wenn sie sich angegriffen fühlte: Sie gab sich den Anschein, als wäre es ihr gleichgültig, was er sagte, und ließ an sich abprallen, was er damit meinen könnte. Was Lukas fühlte und brauchte, konnte sie nicht beeinflussen. Sie musste stark bleiben und sich allein durchkämpfen.

Und nicht weinen! Das Letzte, was ihr Freund sah, bevor er in der Schleuse des Security-Checks verschwand, sollte keine tränenzerflossene Heulsuse sein.

Und immerhin, das Wort »Trennung« hatte er nicht ausgesprochen. Zumindest noch nicht. Sophia war durchaus klar, dass »Abstand« im Grunde in die gleiche Richtung wies. Wie konnte ein Leben in derart kurzer Zeit so gründlich den Bach runtergehen?

Sophia fühlte sich, als würde sie einen Film sehen und wäre nicht selbst beteiligt, als Lukas, nachdem er sein Gepäck aufgegeben hatte, sie noch einmal umarmte und sanft auf die Lippen küsste. Sie hatte Mühe, ihm überhaupt in die Augen zu schauen.

»Ich melde mich, wenn ich angekommen bin.«

»Mhm. Okay. Gute Reise!«

»Am 2. Januar bin ich zurück. Du wirst sehen, die Zeit vergeht schnell.«

»Ja, na klar!« Bis zum neuen Jahr waren es noch beinahe drei Wochen und Sophia hatte nicht die geringste Ahnung, wie sie die Tage bis dahin überstehen sollte. Sie konnte unmöglich so lange nur auf der Couch sitzen und grübeln. Sie konnte ebenso wenig jeden Tag zu ihrer Kosmetikerin fahren. Auch einkaufen, putzen und kochen würden die vor ihr liegenden trostlosen Wochen sicher nicht schneller vorbeigehen lassen. Was sie sonst mit sich anfangen sollte, wusste sie nicht.

Lukas verschwand im Innern des Flughafens.

Eine Stunde später schloss Sophia die Tür ihres gemeinsamen Zuhauses auf. Jetzt war sie wirklich ganz und gar allein. Panik erfasste sie. Hastig griff sie nach ihrem Autoschlüssel und fuhr wenig später Richtung Innenstadt. Bloß nicht in der leeren Wohnung sitzen!

Die Wilmersdorfer Straße glich wie bei ihrem letzten Besuch einem weihnachtlich geschmückten Ameisenhaufen, was Sophia als wohltuend empfand. Der dritte Advent stand vor der Tür, das Fest rückte näher, und freitags machten ohnehin viele Leute eher Feierabend, um mehr vom Wochenende zu haben.

Sophia wollte ihre Weihnachtseinkäufe erledigen. Geschenke für ihre Eltern, Oma, Laura und Annabell. Und natürlich auch für Lukas, den sie am 2. Januar bei seiner Heimkehr überraschen wollte.

Seit sie zu Hause ausgezogen war, ließ sie sich an Weihnachten meist nur kurz bei ihrer Familie blicken. Immer am 24. Nach dem Frühstück. Sie gratulierte Oma zum Geburtstag, ließ ihre Geschenke dort und nahm im Gegenzug ein paar Päckchen mit. So würde sie es auch in diesem Jahr halten.

Abends war sie, seit sie in Schneemanns Agentur angefangen hatte, jedes Jahr auf die Weihnachtsparty ihres Kollegen Michael eingeladen gewesen, der eine ziemlich stattliche Villa am Schlachtensee besaß. Die Frauen trugen Cocktailkleider, die Männer Anzüge, sie aßen Sushi und andere leichte Häppchen vom Buffet, tranken Champagner und Espresso. Und als krönenden Abschluss gab es kurz vor Mitternacht ein großes Schrottwichteln. So konnte sie sich Weihnachten gefallen lassen.

Nur war in diesem Jahr die Einladung zur Weihnachtsparty ausgeblieben. Was bedeutete, dass sie an Heiligabend mutterseelenallein zu Hause sitzen würde.

Ihre Füße trugen Sophia wie von selbst in Lauras Drogeriemarkt. Sie brauchte Einmalhandschuhe. Ihre Hände waren von der ungewohnten Hausarbeit ziemlich strapaziert.

Würde Laura erneut Streit mit ihr suchen?

Auch dieses Mal traf sie ihre Schwester in einem Kundengespräch an. Anders als erwartet runzelte Laura nicht die Stirn, als sie Sophia entdeckte. Im Gegenteil, sie lächelte. Wenn auch verhalten.

»Na?«

»Hey, Laura!«

»Hör mal, ich muss mich entschuldigen«, sagte Laura ohne Umschweife. »Ich war etwas zu hart zu dir. Ich meine, was du …«, sie schluckte, »… zu Annabell gesagt hast, das war … war absolut nicht in Ordnung. Aber ich bin mit dir ja kein bisschen besser umgegangen.«

»Schon okay. Im Grunde hattest du recht.«

»Hast du etwas Zeit nach dem Einkauf?«, fragte Laura. »Ich habe gleich Pause, wir könnten einen Kaffee trinken gehen.«

Die Aussicht auf einen kurzen Cafébesuch stimmte Sophia unerwartet heiter. Sie nickte.

Zehn Minuten später rührten beide in ihren Espressotassen.

»Ich bin krankgeschrieben, weißt du?«, eröffnete Sophia das Gespräch, um der Frage vorzubeugen, warum sie schon wieder zur Bürozeit im Drogeriemarkt auftauchte.

»Was hast du denn?«

»Magen und so. Nichts Dramatisches.«

»Ach so?« Laura musterte sie skeptisch. »Ich wundere mich nur, dass eine Lappalie es schafft, dich von deiner Arbeit abzuhalten.«

Mist! Ihre Schwester kannte sie ziemlich gut. »Na ja«, druckste Sophia herum. »Der Arzt sagte, das sei das Beste.«

»Und Espresso hat er dir auch empfohlen?«

Doppelter Mist! Sophia setzte zu einer Erwiderung an.

»Tut mir leid!«, sagte Laura rasch und errötete. »Ich weiß auch nicht, was mit mir los ist. Ich verhalte mich in letzter

Zeit dir gegenüber wie ein Trampeltier. Dabei bist du krank, und ich sollte dir lieber gute Besserung wünschen.«

»Hör mal, wegen Annabell ...«, setzte Sophia an und fürchtete, ihr würden gleich wieder die passenden Worte fehlen. »Ich hätte das nicht sagen sollen, und ich werde mich bei ihr entschuldigen, aber du musst doch sehen, dass sie ... nun ja, sie hat schon zugenommen.«

»Natürlich sehe ich das, was glaubst du denn?«

»Und warum warst du dann so sauer, wenn du weißt, dass ich recht habe?«

»Wir waren doch als Kinder auch nicht immer gertenschlank«, erwiderte Laura. »Das wächst sich meist ganz von alleine aus, deshalb will ich keinen Druck machen.«

»Sicher?«

Laura wirkte verunsichert, biss ein Stück von ihrem Mandelhörnchen ab und verschluckte sich beinahe, als sie weitersprach: »Himmel, Sophia! Ist dir echt nicht klar, wie unsensibel das war?«

Sophia zuckte die Schultern. Die Wahrheit war eben manchmal unbequem. Sie hätten drüber reden müssen. Mutter war doch sonst nicht so zurückhaltend, was das anbelangte. Aber dieses Mal hatte nicht nur sie geschwiegen, sondern alle. Sie hatten Sophia seltsam angesehen und waren für eine Minute mucksmäuschenstill gewesen, was eigentlich nie vorkam, sobald sich mehr als zwei Mitglieder der Familie Sommer in einem Raum aufhielten. Die Krönung war Lukas gewesen, der diesen seltsamen Satz gesagt hatte. Sie würde ein Glas Herzwein brauchen. Oder so ähnlich.

»Ist Annabell sauer deshalb?«

»Sauer?« In Lauras Blick lag Erstaunen. »Sauer ist nicht das richtige Wort. Verletzt. Das trifft es besser. Hast du echt keine Ahnung, was es für ein neunjähriges Mädchen bedeutet, wenn seine heiß geliebte Tante es so abfertigt? Ich schon.« Sie schluckte. »Spätestens seit ich gestern ein Diätbuch versteckt in Annabells Schrank gefunden habe.«

• • •

Sophia betrachtete die zwei brennenden Kerzen am Adventskranz. Seit ihrem Stadtbummel und dem Abstecher mit Laura ins Café fühlte sie sich etwas entspannter. Als sie einen Schluck grünen Tee trank, streifte sie wie ein warmer und tröstlicher Hauch die Erkenntnis, dass sie die verzwickte Situation überstehen und gestärkt daraus hervorgehen würde. Krisen waren schließlich dazu da, sie zu meistern.

Sie wusste natürlich, dass sich dieser Anflug von Zuversicht recht schnell wieder verflüchtigen konnte, vor allem dann, wenn sie länger alleine in ihrer Wohnung saß, in der neuerdings niemand zufrieden vor sich hin pfeifend Plätzchen buk und es nun nicht länger appetitlich nach Zimt und Kardamom, sondern klinisch rein nach Putzmitteln roch. Dennoch, sie fühlte sich nicht mehr ganz so elend wie noch vor einer Woche.

Was sie in ihrem Leben schon alles geschafft hatte! Der Rausschmiss aus einer kleinen, im Grunde nicht mehr als mittelmäßigen Agentur würde sie nicht zerstören! Sie hatte den Laden nach Abschluss der Kampagne doch ohnehin so schnell wie möglich verlassen wollen, um ihre Karriere weiter voranzutreiben. Schneemann und Konsorten, allen voran die verräterische Mel, würden schon sehen, dass sie einem hammerharten Gegner den Laufpass gegeben und sich somit zum Feind gemacht hatten. Wenn Sophia sich wieder aufgerappelt hatte, würde sie alles daransetzen, ihnen so oft wie möglich lukrative Aufträge wegzuschnappen. Ha!

Wut im Bauch wirkte sehr belebend.

Am nächsten Morgen jedoch waren weder Wut- noch Rachegedankenenergie übrig. Mehr gerädert als entspannt, nach einer Nacht voll wirrer Träume, schleppte Sophia sich ins Bad. Die dunklen Ringe unter ihren Augen, die ihr aus dem Spiegel entgegenblickten, schienen über Nacht entstanden zu sein. Die zarte Haut um die Lider wirkte schlaff. Genau wie sie es geahnt hatte: zu Hause zu sein bekam ihr nicht.

Bei einem extrastarken Espresso schob sie die immer gleichen Gedanken an ihren Karriereknick zur Seite und lenkte ihre Aufmerksamkeit auf das Treffen mit ihrer Schwester. Was im Grunde genommen keine bessere Wahl zu sein schien. Vor allem die Sätze, die Laura ihr zum Abschied mitgegeben hatte, hatten Sophia verwirrt.

»Weißt du was?«, hatte ihre Schwester gesagt. In ihrer

Stimme hatte keine Wut mitgeklungen, eher ein Hauch von Resignation. Oder Traurigkeit? »Wir Sommers sind bestimmt nicht aus Zucker und können was aushalten. Der eine mehr, der andere weniger. Aber was dich anbelangt und wie du dich manchmal verhältst, seit du nicht mehr zu Hause wohnst, da habe ich irgendwie den Faden verloren – und ich bin nicht allein damit.«

»Wie verhalte ich mich denn?«, hatte Sophia ein wenig ratlos gefragt.

»Als ob du was Besseres sein und mit uns nichts mehr zu tun haben möchtest«, war die prompte Antwort gewesen.

Nicht nur, dass so eine Ansage Laura überhaupt nicht ähnlich sah – sie war, seit Sophia denken konnte, das Lamm der Familie und hielt sich eher zurück, als einen Streit zu riskieren –, auch der Kern dessen, was Laura gesagt hatte, stimmte Sophia nachdenklich. Wie es schien, machten sie sich zu Hause Gedanken über sie. Was natürlich unnötig und übertrieben war. Sophia war schließlich 32 und nicht zwei. Aber es stimmte, was Laura gesagt hatte: Ihre Familie war standfest. Beherzt, zupackend – Herz und Schnauze, wie man hier in ihrer Heimat sagte. Dass nicht nur Laura neuerdings härtere Töne anschlug, sondern auch Annabell nichts mehr von sich hören ließ, war ein Novum. Die Nachrichten ihrer Familie, auch wenn Sophia sie selten beantwortet hatte, waren jahrelang die Begleitmusik ihres Lebens gewesen. Doch seit dieser seltsamen Schweigeminute beim Adventskaffeetrinken verhielten sich sogar Mutter und Großmutter auffällig still.

Heiß geliebte Tante …

Der Klang der schlichten Wörter hallte in Sophia nach. Sie hatte dem Thema Liebe, bis sie den Kinderschuhen entwachsen war und mit 17 ihre erste Beziehung eingegangen war, keine besondere Aufmerksamkeit geschenkt, während ihre Freundinnen wie unter Zwang tagein, tagaus über nichts anderes hatten reden können. Dass da zu viele Fallstricke lauerten, war ihr klar geworden, als ihre Freundin Johanna sie von einem Tag auf den anderen sitzen lassen hatte. Denn in der Liebe war das sicher nicht anders als bei Freundschaften.

Sie war bis heute nicht der Typ, der mit seinen Emotionen hausieren ging. Bei Liebesszenen im Kino konnte sie kaum hinsehen, ohne sich fremdzuschämen, und jede Art lauthals bekundeter Emotionen waren ihr peinlich. Im Grunde hatte sie erst, seit sie Lukas kannte, gelernt, ihren Gefühlen zu trauen. Wenn das nur kein Fehler gewesen war! Eine leise Angst kroch in Sophia hoch. Hatte er sich nicht auch von einem auf den anderen Tag einfach abgesetzt? Eilig riss sie sich von ihren Gedanken los und ging in die Küche, um sich einen Tee zu machen.

Sie war also Annabells »über alles geliebte Tante«?

Seltsam. Dass sie eine derartig große Bedeutung für ihre tapsige Nichte haben könnte, war ihr zuvor noch nie in den Sinn gekommen.

• • •

»Sophia?« Ihrer Mutter blieb tatsächlich einen Moment lang der Mund offen stehen.

»Leibhaftig.«

»Na, das ist aber eine Überraschung! Komm rein!« Mutter holte einmal tief Luft. »Kommt mal alle her!«, rief sie in die Tiefen der Wohnung. »Der Weihnachtsmann ist da!«

Eine solche Begrüßung sah Michaela ähnlich.

Sophia schluckte. Hätte sie den Impuls unterdrücken sollen, unangemeldet am Samstagabend bei der Familie vorbeizufahren?

»Ich ... ich hab ... na ja ... eigentlich nicht viel Zeit«, stotterte sie und beschloss, lieber nicht ihre Straßenschuhe auszuziehen. Wenn sie erst einmal mit Puschen an den Füßen im Wohnzimmer saß und Mutter den Eierlikör aus der Anrichte kramte, gab es so schnell kein Entrinnen. Und plötzlich hielt sie ihr Auftauchen hier für gar keine gute Idee mehr.

»Komm schon rein!«, forderte Mutter sie fröhlich auf. »Wir freuen uns wie die Schneekönige. Papa ist noch im Laden, wir haben doch samstags jetzt bis 18 Uhr geöffnet. Aber Oma ist hier. Und Bille und Helga.«

Bille und Helga waren Mutters langjährige beste Freundinnen.

»Ich muss nicht ..., wenn du Besuch hast.«

»Kind! Das ist doch auch immer noch dein Zuhause! Also rein mit dir!«

Oma zeigte sich ebenso erfreut über den spontanen Besuch wie Sophias Mutter. Sollten die beiden noch Groll wegen ihrer Bemerkung hegen, so ließen sie sich jedenfalls nichts anmerken. Vielleicht hatten sie auch schon ein paar Gläser Glühwein intus. Das stimmte sie, wie Sophia aus Erfahrung wusste; besonders milde. Mutter und ihre Freundinnen trafen sich gern mal auf ein Gläschen. Oder auch zwei.

Sie folgte ihrer Mutter in die Küche. Wie sie richtig vermutet hatte, stand auf dem Herd ein Topf mit einer köchelnden Flüssigkeit, von der Dämpfe aufstiegen – süß würzig und sehr alkoholisch.

Bille und Helga fielen Sophia kurzerhand um den Hals. »Mensch, Mädel, wie schön, dich mal wieder zu Gesicht zu kriegen.«

»Ela, deine Tochter ist ja eine mächtig schicke Lady geworden!«

Na also! Die Frauen hier hatten definitiv schon was intus. Das überraschte sie nicht. Auf den Anblick der Küche war Sophia jedoch nicht gefasst gewesen. »Was ist denn hier los?«, fragte sie. Auf dem Boden und der Sitzbank unter dem Fenster stapelten sich Kisten mit Lebensmitteln. Kohlköpfe, Suppengemüse, Kartoffeln, Kräuter, dazu Brote und ein Beutel mit Baguette. Sogar zwei Paletten Eier entdeckte sie. Und aus einem Karton lugten Sophia an die 50 Schokoladen-Weihnachtsmänner entgegen.

Auf dem Tisch lagen Schneidbretter und Messer, und in einer Ecke türmten sich zahlreiche Behälter aus Plastik. Wie es schien, sollte hier gerade die Speisung der 5000 vorbereitet werden.

»Wir haben heute unseren Lebensmittelretterabend«, erklärte Mutter, während sie einen Stuhl von Gemüsekisten befreite und ihn Sophia hinschob.

»Du kommst uns also gerade recht«, ergänzte Bille. »Wir können jede helfende Hand gebrauchen.«

»Die Sophia hat bestimmt wenig Zeit«, sagte Oma vorsichtig. »Sie arbeitet die ganze Woche über hart und ist sicher nicht hergekommen, um Gemüse zu putzen.«

»Nein, ich ... ich bin krankgeschrieben«, blieb Sophia, die kein Wort verstand, bei ihrer Notlüge. »Hab mich schon die ganze Woche ausgeruht.« Was sollte bitte schön ein Lebensmittelretterabend sein? »Was macht ihr mit dem ganzen Gemüse?«, fragte sie und nahm Platz.

Helga füllte fünf Gläser mit Glühwein und verteilte sie. »Wer arbeitet, muss sich auch was gönnen«, sagte sie zwinkernd. »Und der Abend kann lang werden.«

Sophia wollte abwehren, aber die anderen hoben ohne Umschweife ihre Gläser und prosteten sich zu. Ein schmales Lächeln auf den Lippen, stieß Sophia mit an und nippte an dem dampfenden Getränk.

Der heiße gewürzte Wein roch und schmeckte fantastisch. Seine Aromen explodierten förmlich auf der Zunge. Mutter bezog seit Jahrzehnten Wein von einem Weingut an der Mosel, wohin sie und Papa vor langer Zeit ihre Hochzeitsreise geführt hatte. Diesen Wein zu trinken, würde Glück bringen und dem Wohlbefinden dienen, behauptete sie. Und einen Kater habe sie noch nie bekommen, weder vom Wein noch von ihrer Ehe.

Wahrscheinlich also lag dem Glühwein ein guter Tropfen zugrunde.

»Jetzt erzählt mal, woher habt ihr so viel Gemüse?«, wollte Sophia wissen. »Habt ihr den Laden geplündert?«

»Ach, von uns ist nur ein kleiner Teil«, winkte Mutter ab. »Der Rest ist von einem Bio-Supermarkt.«

»Wir haben es vorhin da abgeholt«, erklärte Helga.

»Abgeholt?«, fragte Sophia erstaunt. »Das klingt nicht so, als hättet ihr es gekauft.«

Bille lachte über Sophias verständnislose Miene. »Du weißt gar nicht, wovon wir sprechen, was?«

»Nicht direkt«, gab Sophia zu.

Mutter und Oma schwiegen lächelnd und überließen Helga und Bille die Aufklärung.

»Also«, begann Helga, »du hast sicher schon mal gehört, dass in Deutschland jedes Jahr Millionen Tonnen Essen auf dem Müll landen, oder?«

Sophia nickte. »Ja, aber doch nur, weil es verdorben ist.«

Bille schüttelte den Kopf. »Eben nicht. Das ist das, was viele Leute denken.«

Sophia begann bei einem Blick auf die um sie herum aufgetürmten Lebensmittel zu verstehen. Die äußeren Blätter der Kohlköpfe sahen etwas welk aus, ebenso das Möhrengrün. Die Kartoffeln wirkten ein klein wenig schrumpelig. Verdorben schien allerdings nichts davon zu sein.

»Dabei ist das Mindesthaltbarkeitsdatum eines Joghurts

zum Beispiel nur eine Art Garantie«, führte Bille weiter aus. »Der Hersteller sagt damit: Bis zu diesem Datum ist alles perfekt mit dem Produkt. Es bedeutet nicht, dass der Joghurt nach Ablauf dieses Datum sofort schlecht wird. Hast du schon mal einen Joghurt gegessen, der ein paar Tage über dem Mindesthaltbarkeitsdatum war?«

Sophia schüttelte den Kopf. »Den würd ich wegschmeißen«, gab sie zu.

»Na dann!« Oma stand auf, öffnete die Kühlschranktür und nahm einen Becher Biojoghurt heraus. »Jetzt hast du die Gelegenheit zu testen!«

»Und wenn er verdorben ist?«

Die anderen lächelten milde. »Mach erst mal auf!«, forderte Helga.

Sophia gehorchte. Der Joghurt unter der Folie sah völlig normal aus. Wie Joghurt eben.

»Nun schnupper mal!«

Sophia spielte mit. »Wie immer«, bestätigte sie. »Und nun muss ich kosten, stimmt's?«

»Genau«, sagte Bille lächelnd.

Oma reichte ihr einen Löffel.

»Ihr habt recht«, sagte Sophia, nachdem sie kritisch probiert hatte. »Der schmeckt ganz normal.«

»So ist das mit vielen Lebensmitteln, die das Haltbarkeitsdatum hinter sich haben«, erklärte Helga.

»Verstehe.« Sophia nickte und trank einen Schluck Glühwein. »Das überzeugt mich, auch wenn ich vielleicht nicht unbedingt zu einer schrumpeligen Möhre greifen würde, wenn ich für mein Geld genauso eine frische haben kann.«

Bille nickte verständnisvoll. »Das sehen die meisten Verbraucher wie du. Aber würdest du auch sagen, dass eine weniger frische Möhre gleich automatisch verdorben ist?«

»Nein. Natürlich nicht. Bestimmt macht sie sich gekocht in einem Eintopf oder so noch wunderbar.«

»Haben wir früher immer so gemacht«, sagte Oma augenzwinkernd. »War nix dabei. Ich leb sogar noch.«

»Okay«, sagte Sophia. »Ich kann euch folgen, und ganz ehrlich, das Thema ist spannend. Wenn ihr allerdings glaubt, dass der Handel hier einfach den Wünschen der Verbraucher folgt, täuscht ihr euch. Unser Konsumverhalten wird zu 90 Prozent gesteuert.«

»Sie muss es wissen«, sagte Mutter schmunzelnd.

Sophia warf ihr einen Seitenblick zu. War ihre Mutter schon immer so pfiffig, voller Engagement und Elan wie heute Abend gewesen?

»Mal weg von der Theorie: Was habt ihr eigentlich mit alldem zu tun?«

»Es gibt eine Menge Menschen, die die Verschwendung nicht mehr mitmachen wollen und sich zusammengeschlossen haben, so wie wir. Wir bieten den Läden an, die Lebensmittel, die sie nicht mehr verkaufen dürfen oder wollen, weil das MHD abgelaufen ist oder weil sie schon ein bisschen schlapp geworden sind ...«, Bille zeigte auf die Kohlköpfe, »... abzuholen, damit sie nicht auf den Müll kommen.«

»Das kenn ich«, sagte Sophia. »Das macht doch die

Tafel. Und dann bekommen es Leute, die wenig Geld haben.«

»Genau!« Mutter lächelte. »Aber die Tafel kommt nicht nach, es ist einfach viel zu viel Essen. Und deshalb gibt es auch noch uns. Die Lebensmittelretter.«

»Wow, ich wusste gar nicht, dass es so etwas gibt. Und dass ihr da mitmacht!«

Mutter nickte eifrig. »Und ich bin stolz drauf. Bille hat mich drauf gebracht. Weil Oma doch immer das Herz blutet, wenn sie etwas wegwerfen muss, und alles, was wir im Geschäft nicht verkaufen, können wir nun mal nicht selbst verbrauchen.«

Großmutter freute sich sichtlich. »Das ist eine wirklich großartige Sache«, sagte sie.

Bille nahm einen Kohlkopf zur Hand. »Los, lasst uns weitermachen, wir können auch währenddessen alles erklären. Sonst wird es Mitternacht, bis wir fertig sind.«

»Wer will noch einen Glühwein?«, fragte Oma.

Sophia, die ausgetrunken hatte, hielt ihr das Glas hin. »Entschuldigt, aber jetzt hab ich direkt die nächste Frage: Was machen wir mit dem vielen Gemüse, wenn wir es geputzt haben?«

»Wir kochen Suppe daraus, und morgen früh fährt Papa mit dem Lieferwagen ins Nachbarschaftshaus ein paar Straßen weiter. Da ist am Sonntag Mittagstisch für alle Nachbarn«, erklärte Mutter. »50 Cent die Portion. Den kleinen Beitrag nehmen wir, weil wir ein bisschen was zukaufen müssen und weil es den Leuten, die kommen, wichtig ist, für ihr Essen zu bezahlen.«

»Auch wenn das nicht gerade viel ist«, sagte Sophia.

»Hat was mit Stolz zu tun«, bemerkte Oma schlicht.

»Wir könnten die doppelte Menge an Lebensmitteln bekommen, es gibt so viele Läden, die bereit wären, uns mit Ware zu versorgen«, fügte Helga hinzu. »Aber wir sind nur eine Handvoll Helfer und schaffen es nicht, mehr zu verarbeiten.«

»Außerdem haben wir einfach nicht genug Platz, um noch weitere Leute unterzubringen«, erklärte Sophias Mutter. »Im Sommer nutzen wir den Garten, doch das können wir ja bei dem Wetter nicht.«

»Ich verstehe«, sagte Sophia und zerschnitt den Gummi um einen Bund Suppengrün.

Auf dem Tisch lag ein handgeschriebener Zettel, anscheinend der Plan für das morgige Nachbarschaftsessen:

Vollkornbrot mit Käse und Gurkenscheiben

Kartoffelcremesuppe

Vegetarischer Borschtsch mit Butterbaguette

Apfelpfannkuchen mit Joghurt.

»Wir kochen alles vegetarisch«, sagte Bille. »Damit jeder zu uns kommen kann, auch wenn er kein Schweinefleisch oder generell kein Fleisch isst.«

»Und die Weihnachtsmänner?«, fragte Sophia, während sie einen Sellerie in Würfel schnitt, und deutete mit dem Kopf auf den Karton voll Schokolade. »Sind die etwa auch schon abgelaufen? Oder noch vom letzten Jahr?«

Mutter winkte ab. »Aber nein! Die haben Papa und Oma spendiert. Für die kleinen Gäste. Die freuen sich doch so.«

Kapitel 9

Das Bett, in dem sie aufwachte, fühlte sich ungewohnt, aber bequem an. Sophia rekelte sich ausgiebig und schlug die Augen auf. Tatsächlich, sie lag nicht unter ihrer eigenen Decke, sondern unter einem gewaltigen Federbett in ihrem alten Zimmer in der Wohnung ihrer Eltern.

Langsam, aber sicher kehrte die Erinnerung an den letzten Abend zurück. Sophia hatte mit Großmutter, Mutter und deren Freundinnen bis weit nach Mitternacht Gemüse geschnitten, Kartoffeln geschält, Kohl geraspelt und Kräuter gehackt, woraus Oma zwei köstlich duftende Eintöpfe gezaubert hatte. Nachdem der erste Topf Glühwein geleert worden war, hatte Bille einen zweiten aufgesetzt. Während sie schnippelten, plauderten sie, und als endlich alle Arbeit getan war, hatte Mutter Sophia überredet, nicht durch die halbe Stadt heimzufahren, zumal sie ein paar Gläser Glühwein getrunken hatte.

Sophia, hundemüde und erschöpft, hatte nach kurzem Widerstand zugestimmt.

Die Bettwäsche duftete vertraut. Mutter legte immer

Lavendelkissen in die Wäscheschränke. Sophia horchte in sich hinein. Regte sich irgendwo in ihrem Körper Unwohlsein? Kopfschmerzen vielleicht? Schließlich hatte sie eine ganze Menge Alkohol getrunken. Aber bis auf das Gefühl, dringend auf die Toilette zu müssen, ging es ihr gut. Was war das nur für ein unerwarteter Verlauf des Abends gewesen?

Eigentlich hatte sie nur kurz vorbeischauen und gewohnheitsmäßig schnell wieder verduften wollen. Schließlich konnte sie nicht einmal genau sagen, was für eine seltsame Anwandlung sie überhaupt in Richtung Elternhaus getrieben hatte. Nun gut, außer der, dass sie einsam gewesen war. Doch war das wirklich ein Grund, die Nähe ihrer Familie zu suchen, bei der sie sich oft eher fremd als zu Hause fühlte? Sie wunderte sich über sich selbst.

Mutter und die anderen hatten es geschafft, sie unmerklich in den Bann zu ziehen. Zuerst mit den Geschichten über das Essenretten, dann mit bergeweise Arbeit, die sich aber gar nicht danach angefühlt hatte, wozu neben dem Glühwein auch die entspannte Atmosphäre beigetragen hatte.

Irgendwann war Papa nach Hause gekommen. Bestimmt war er erstaunt über Sophias Anwesenheit gewesen, doch er hatte sich nichts anmerken lassen und sie fröhlich begrüßt. Dann hatte er sich Bille und Helga zugewandt, Mutter über den Kopf gestrichen und sich nach einem Glas Glühwein, das er wohlig seufzend geleert hatte, beizeiten ins Bett zurückgezogen.

Sophia schwang die Beine über die Bettkante, streckte noch einmal die Arme aus, gähnte und tappte ins Bad.

Aus der Küche duftete es nach Kaffee.

Und jetzt? Sophia fühlte sich plötzlich befangen.

Sie wusch sich die Hände und das Gesicht und versuchte, dabei eine Körperhaltung einzunehmen, bei der ihr die Pyjamahose nicht von den Hüften auf den Boden rutschte. Mama hatte ihr einen alten Zweiteiler gebracht. Sophia wäre problemlos nackt ins Bett gestiegen, aber in Mutters Welt schlief man nun mal in Nachtwäsche. Der Schlafanzug, den sie angeschleppt hatte, hatte Sophia als Teenager gehört, wo sie, seinen Maßen nach zu urteilen, einiges mehr auf die Waage gebracht hatte als heute. Was Mutter so alles aufhob!

Sie verließ das Bad, hielt den Pyjamahosenbund mit einer Hand fest und ging in die Küche. Mutter wirtschaftete am Herd herum. Die vollen Suppentöpfe standen auf dem kleinen Balkon zum Kühlen. Der Raum sah so ordentlich und aufgeräumt aus, als hätte es die gestrige Großaktion nicht gegeben. Auf dem Tisch entdeckte Sophia einen Adventskranz, verziert mit dicken roten Kerzen und Strohsternen. Eine Grußkarte steckte in der Mitte.

Für Oma und Opa von Annabell.

Der Anblick der ordentlichen Kinderschrift versetzte ihr einen Stich ins Herz. Warum, wusste sie jedoch nicht zu sagen.

Drei Kerzen brannten.

Geschirr für zwei Personen. Anscheinend erwartete Mutter, dass sie zum Frühstück blieb.

»Morgen«, brummte Sophia.

»Morgen, Sophiechen«, erwiderte Mutter gut gelaunt. »Ausgeschlafen?«

»Oh ja, das hab ich«, stellte Sophia mit einem Blick auf die Wanduhr fest. »Du lieber Himmel! Es ist ja schon zehn.«

»Ich mach dir Lachpfannkuchen, ja?«

»Oh nein, ich ...«

Lachpfannkuchen.

Mutter kam auf Ideen! Sie war doch nicht mehr fünf!

Wobei sie dieses Frühstück auch noch als Teenager geliebt hatte. Kein Wunder, dass die riesige Schlafanzughose damals gepasst hatte. Mutter hielt bereits den Quirl in der Hand. Die Zutaten hatte sie schon bereitgestellt. Sophia wollte ihr nach dem entspannten Abend den Spaß nicht verderben.

»Ich dachte zuerst, ich hätte gar keinen Hunger, aber eigentlich ...«

»Na, siehst du!«

Mutter verrührte Mehl, Eier, Milch, Sahne, ein Tütchen Vanillezucker und geriebene Mandeln zu einem sämigen Teig. Sophia trank einen Kaffee im Stehen und sah ihr zu.

Ein großer Esslöffel Butter landete in der Pfanne, und wenig später briet der erste Pfannkuchen darin, wobei er einen lieblich süßen Duft verströmte. Sophia lief das Wasser im Mund zusammen. Sie würde allerdings nicht mehr als zwei Bissen essen dürfen, ermahnte sie sich. Mit einer derartigen Kalorienbombe wäre ihr selbst gestecktes Limit für den Tag sonst fast schon erreicht.

Mutter goss ein Glas Sauerkirschen in ein Sieb und fing den Saft in einer Schüssel auf. Nebenbei wendete sie den Pfannkuchen und legte ihn wenig später auf einen Teller. Nun noch zwei Haselnussaugen, ein großer fröhlicher Kirschenmund und ein krauser Haarschopf aus Sprühsahne – fertig war Sophias Lieblingsessen aus Kindertagen.

»Schade, dass wir keine frischen Süßkirschen haben«, sagte Mutter, während sie den Teller auf Sophias Platz stellte. »Musst du im Sommer noch mal wiederkommen.«

»Ja, klar, warum nicht.« Sophia gab sich zugänglich.

Nachdem Mutter einen weiteren Eierkuchen gebacken und verziert hatte, nahm sie neben ihr Platz. Sie wünschten einander einen guten Appetit und begannen schweigend zu essen. Nach einem kurzen Moment des Befremdens entspannte Sophia sich und genoss die Mahlzeit, wozu sie einen weiteren starken Kaffee mit einem Schuss Milch trank.

»Wo ist eigentlich Papa?«

»Holt den Lieferwagen.«

»Ach so!« Sophia nickte. Der Transport der Lebensmittel stand an. »Ich muss gleich los«, sagte sie, nachdem sie ihren Teller geleert hatte. Ihr Vorsatz, den Eierkuchen nur zu probieren, hatte sich beim besten Willen nicht in die Tat umsetzen lassen. Die süßen Bissen waren förmlich von selbst in ihren Mund gewandert, einer nach dem anderen.

»Natürlich«, erwiderte Mutter unkompliziert. »Du warst

eine große Hilfe gestern. Bille und Helga sind begeistert, dass du uns so tatkräftig unterstützt hast. Und jetzt will dein Lukas bestimmt einen schönen Tag mit dir verbringen.«

Auf Mutters letzten Satz ging Sophia nicht ein. »Aber meine Hilfe … das war doch nichts Besonderes.«

»Warum sagst du das?«

»Na ja, Gemüse schnippeln …«

»Ich weiß, du bist ganz andere Aufgaben gewöhnt.«

Sophia horchte, ob sich in diesem Satz ihrer Mutter Ironie versteckte, ein Vorwurf vielleicht oder ein Hauch von Gekränktheit, aber sie hörte nichts davon heraus. Was Mutter gesagt hatte, war nicht mehr als eine simple Feststellung.

»Wie auch immer«, fuhr sie fort, »du warst eine Hilfe, und den Abend mit dir zu verbringen, hat uns eine Menge Spaß gemacht.«

• • •

»Tschüss dann!« Ein wenig unbeholfen umarmte Sophia ihre Mutter, nachdem sie sich angezogen und etwas Make-up aus dem Notvorrat in ihrer Handtasche aufgetragen hatte. Der geblümte Slip, den sie trug, stammte ebenfalls aus Mutters Sammlung und somit aus Sophias Teenagertagen, und war dementsprechend wie auch der Schlafanzug viel zu groß. Für den Weg nach Hause sollte es gehen.

Auf der Treppe kam ihr Papa entgegen. »Morgen, Sophia«, grüßte er fröhlich.

»Morgen, Papa! Du bist schon fleißig? Ich hab viel zu lange geschlafen.«

»Ich muss jetzt rasch eure Suppe ins Nachbarschaftshaus bringen. Punkt zwölf öffnen sie dort für die hungrigen Mäuler, und es gibt vorher noch eine Menge zu tun.«

»Soll ich dir helfen?«

»Klar doch! Wenn du Zeit hast.«

»Hab ich, Papa!« Sie wusste, er würde keine Fragen stellen. Manchmal war das echt angenehm.

Eine Viertelstunde später schnallte sie sich neben ihm auf dem Beifahrersitz des Lieferwagens an.

»Weit ist's nicht«, sagte er. »Aber deine Mutter kann das nicht alles tragen. Sie hat es manchmal ganz schön mit dem Rücken, seit sie den Bandscheibenvorfall hatte.«

»Sie hatte einen Bandscheibenvorfall?«

Vater nickte. »Vor drei Jahren. Wir werden nicht jünger.«

»Davon wusste ich ja gar nichts.«

Vater musterte sie stumm von der Seite. Sophia begriff, was er denken musste. Wann hatte sie ihrer Mutter eine Gelegenheit dazu gegeben, ihr davon zu erzählen?

»Ich trag rasch alles mit rein«, lenkte Sophia ab, »dann kannst du schneller zurück nach Hause.«

»Aber langsam, Kind! Die Töpfe sind ziemlich schwer.«

Das Nachbarschaftshaus, das sie fünf Minuten später erreichten, befand sich trotz seiner innerstädtischen Lage in einem eher ruhigen Winkel. Stattliche Eichen zierten den weitläufigen Garten vor dem Haus, in dem ein paar Sitzbänke standen und ein großes im Boden eingelassenes

Schachbrett verwaist dalag. Im Sommer war es hier sicher gemütlich. Das Haus selbst jedoch bot keinen sonderlich schönen Anblick, aber immerhin besaß der Bau große Fenster, die mit bunten Papiersternen weihnachtlich geschmückt waren.

Sophia schulterte eine Tragetasche voll Brot und griff sich den größten Topf. »Wohin damit?«

»Immer geradeaus«, sagte ihr Vater. »Bille und Helga müssten schon drin sein.«

Tatsächlich deckten Mutters Freundinnen in einem großen hellen Raum gerade ein. Immer vier Plätze an einem Tisch. Mit großem Hallo wurden Sophia und ihr Vater begrüßt.

Sophia stellte die Lebensmittel in der Küche ab und ging erneut zum Lieferwagen, um weitere Töpfe zu holen. Als sie sich umdrehte, schneite eine ihr unbekannte Frau ins Haus, die mit einer großen Tüte beladen war.

»Geli, hallöchen!«, rief Helga, die sie zuerst entdeckte. »Was bringst du uns heute Schönes?«

»Ich habe gestern Abend einen Haufen Amaryllis gerettet«, sagte die Angesprochene. »Könnt ihr was damit anfangen?« Sie holte ein in Zeitungspapier gewickeltes Bündel Blumen hervor. »Die hatten im Supermarkt wohl zu viele bestellt. Die sind noch ganz frisch.«

Sophia staunte. Was diese Retter nicht alles auftrieben. Sogar Pflanzen.

»Darum kümmern wir uns nach dem Essen«, sagte

Helga. »Das sind ja wirklich viele. Und groß sind die. Ich glaube, wir haben gar nicht so viele Vasen.«

»Ich kann doch ...« Sie wusste selbst nicht, was mit ihr los war. Aber beim Anblick der prächtigen roten Blüten war Sophia eine Idee gekommen. »Also wenn ... Entschuldigung ... Ich will ja nicht ...«

»Entschuldigung?« Bille lachte herzlich. »Wir können jede helfende Hand gebrauchen, also dafür musst du dich nun wirklich nicht entschuldigen.«

Sophia lächelte. »Habt ihr Gläser hier?«

»Geh mal in der Küche nachsehen«, erwiderte Bille, die emsig Teetassen, Zuckerschalen, Milchkännchen und Thermoskannen auf den Tischen verteilte. »Da müssten eigentlich eine Menge ausgespülter Marmeladengläser sein. Die heben wir immer zum Basteln auf.«

Sophia vergewisserte sich, dass es ausreichend Gläser gab, verabschiedete sich kurz und lief in den nächsten Blumenladen, der zum Glück auch am Wochenende geöffnet hatte, um ein paar Bündel Tannengrün und rotes Schleifenband zu kaufen. Wenig später, während Bille und Helga Brot und Baguette aufbuken und die schon fertigen in Scheiben schnitten, machte sich Sophia an die Arbeit. Jedes Marmeladenglas verzierte sie mit einer dicken roten Schleife, anschließend kürzte sie eine Amaryllis und drapierte sie zusammen mit einem Tannenzweig in die mit Wasser gefüllten Gläser. 20 Tische, 20 Gläser.

»Das sieht ja toll aus!«

»So schön!«

Helga und Bille zeigten sich begeistert. Und Sophia fragte, wo noch mehr Hilfe vonnöten war.

…

Die Gäste versammelten sich schon eine Viertelstunde vor Beginn des Mittagstisches vor dem Haus. Sophia, die in einem der Töpfe rührte, warf einen Blick nach draußen. Wenn das nicht mindestens 50 Personen waren. Wie in Gottes Namen sollte reichen, was sie vorrätig hatten?

»Bille?«

»Hm?« Mutters Freundin buk jetzt im Akkord kleine Pfannkuchen aus.

»Das Essen reicht doch nie und nimmer.«

»Muss reichen. Wir schicken keinen, der vorbeikommt, mit leerem Magen heim.«

Billes Optimismus in allen Ehren, aber Sophia konnte sich nicht vorstellen, dass sie wirklich genug zu essen hatten. Und hatten die beiden nicht gesagt, sie könnten doppelt so viele Lebensmittel bekommen? Warum nahmen sie diese Möglichkeit nicht wahr?

Sie sah Mütter mit Kindern in der Schlange stehen, ältere Leute, Teenies. Und einige offensichtlich Obdachlose, die ihr Hab und Gut in Plastiktüten, die glücklicheren unter ihnen in einem Rucksack, bei sich trugen.

Bille, die ihrem Blick gefolgt war, lächelte. »Bunte Mischung, nicht wahr?«

»Und diese Menschen sind wirklich alle bedürftig?«

»Wir prüfen nicht ihren Kontostand, Kleines, aber es ist wohl die Armut, die sie hertreibt. Und bei einigen der Wunsch nach etwas Geselligkeit.«

Sophia schluckte. Sie hätte nicht gedacht, dass sich mitten in ihrer Stadt so viele Menschen für einen Teller Suppe und eine Scheibe aufgebackenes Brot in eine Schlange stellen würden. Wo es draußen an jeder Ecke günstiges Essen in Hülle und Fülle gab. Und jede Menge Zerstreuung noch dazu.

Als hätte Bille ihre Gedanken gelesen, sagte sie: »Ein warmes Essen, ein freundliches Wort, einen Becher heißen Tee mit einem extra Löffel Zucker. Für einige da draußen ist das die einzige Zuwendung, die sie bekommen.«

Sophia fröstelte. »Einmal in der Woche?«

»Wir tun, was wir können«, sagte Bille. »Wir sind nur eine Handvoll ehrenamtlicher Helfer. An den Wochentagen öffnen wir von 14 bis 16 Uhr unsere Teestube, da gibt es immerhin Butterbrote und Kekse. Wir spielen Karten mit den Gästen, hören uns ihre Geschichten an. Aber am Sonntag, da soll es schon ein bisschen besseres Essen geben, eine richtige warme Mahlzeit. Und da öffnen wir zusätzlich unsere Kleiderkammer.«

»Ihr macht das ehrenamtlich?« Sophia schluckte. »Verbringt den ganzen Sonntag hier, um Essen auszugeben, abzuwaschen und Kleidung zu verteilen?«

Bille lachte ein raues Lachen. »Warum denn nicht?«

»Na ja, es ist mitten im Advent.«

»Eben drum, Sophia«, sagte Bille. »Eben weil es mitten im Advent ist.«

»Da will man doch lieber auf den Weihnachtsmarkt, sich amüsieren, shoppen gehen …« Sophia stoppte mitten im Satz. Die schlichte Klarheit in Billes Worten hatte sie ins Herz getroffen. »Wow.« Es gab sie also doch, die Menschen, die den Advent mit der Botschaft von Nächstenliebe verknüpften.

»Ich hab eine gute Rente, Kleines«, fuhr Mutters Freundin fort, »dafür bin ich dankbar. Ich hab eine Menge Zeit, und ich möchte etwas zurückgeben, dafür, dass es mir so gut geht. Die Menschen, die mir etwas bedeuten und die meine Freunde sind, die treffe ich, während ich hier bin. Und für einen Besuch auf dem Weihnachtsmarkt habe ich nach getaner Arbeit immer noch genug Zeit.«

Sophia sah die schicken After-Work-Lounges von Mitte und Prenzlauer Berg vor sich, in denen sie manchmal nach Feierabend einen Prosecco trank. Und wo sie erst bei ihrem letzten Besuch, einen Tag, nachdem sie die Challenge mit Mel und Andrea gestartet hatte, einen Teller Pasta für 15 Euro bestellt, drei, vier Nudeln und ein paar Scampi herausgepickt und den Rest zurückgehen lassen hatte. Nie hätte sie sich Gedanken darüber gemacht, dass ihr fast unberührtes Essen danach weggeworfen wurde. Und wenn, hätte es sie wahrscheinlich nicht sonderlich bekümmert.

Keine fünf Kilometer entfernt, räumlich betrachtet also nicht mehr als ein Katzensprung, lebten Menschen in einer gänzlich anderen Welt. Es war nicht so, dass Sophia davon nichts gewusst hätte. Sie war nicht blind, auch in Mitte saß der ein oder andere Bettler vor den schicken Geschäften. Und in der S-Bahn verkauften junge Männer, manchmal auch Frauen, eine Obdachlosenzeitung. Aber der Anblick dieser Menschen hatte sie niemals so betroffen gemacht wie jetzt in diesem Augenblick die Schlange der Wartenden und Billes Aussage darüber, was in ihren Augen ein gelungener Adventssonntag war.

Kapitel 10

Mit einem Mal war Sophia alles falsch erschienen, was sie seit dem Abend zuvor getan hatte – angefangen vom spontanen Besuch bei ihren Eltern, der Übernachtung, bis hin zum Verzehr des fettigen Pfannkuchens, der ihr noch immer schwer im Magen lag. Und natürlich ihr Einsatz im Nachbarschaftshaus, den sie abrupt beendete, nachdem sie mehrere Tabletts voll Brote an die Essensausgabe getragen hatte. Der Anblick der erwartungsvoll ausharrenden Menge war ihr plötzlich unerträglich geworden. Also hatte sie Magenschmerzen vorgeschützt, offiziell galt sie schließlich als krankgeschrieben, und sich aus dem Staub gemacht, bevor der Ansturm auf den Mittagstisch losging.

Zu allem Überfluss waren ihr auf der Straße Mutter und Annabell entgegengekommen – Hand in Hand, fröhlich plaudernd. Zum Glück so vertieft, dass sie Sophia nicht bemerkten, die den erstbesten Bus nahm, um zu ihrem Auto ein paar Straßen weiter zu gelangen und nach Hause zu fahren.

Noch nie zuvor war sie so erleichtert gewesen, durch die

ruhigen Straßen in Wannsee zu fahren, den See, auf dem im Sommer hübsche Jachten kreuzten, und die edlen, von großzügigen Grundstücken umgebenen Villen zu sehen – wer hier lebte, musste sich sicher nicht an die Schlange einer Suppenküche anstellen. Zu Hause angekommen, hatte sie sich die Kleider vom Leib gerissen und eine lange heiße Dusche genommen.

Nun saß sie im Wohnzimmer, in gemütliche Klamotten gehüllt, eingecremt und parfümiert, und begann sich langsam, aber sicher wieder wie sie selbst zu fühlen. Im Winter, wenn die Bäume kein Laub trugen, konnte sie von der breiten Fensterfront aus in der Ferne den Kleinen Wannsee blitzen sehen. Sie schaute nach draußen, wo die Dämmerung einsetzte und eine Lichterkette in der großen Tanne vor dem Haus zu funkeln begann. Der Hausmeister ihrer Wohnanlage sorgte nicht nur für ein gepflegtes Umfeld, sondern ebenso für jahreszeitliche Dekoration.

Ihr Handy gab einen Ton von sich: eine Whatsapp-Nachricht von Lukas. Sein Flugzeug war pünktlich in Medan auf Sumatra gelandet, und er hatte bereits seine Familie in die Arme geschlossen. Im Hintergrund seines mitgeschickten Selfies sah sie sattgrüne tropische Vegetation und exotische Blütenpracht wuchern.

Sophia schluckte. Ihre eben noch friedliche Stimmung war schlagartig dahin. Lukas hätte sie fragen müssen, statt einfach zu verschwinden. War ihm wirklich nicht in den Sinn gekommen, dass Sophia ihn gerne nach Indonesien begleitet hätte? Dass es ihr wehtat, wenn er so fröhlich in die Kamera grinste, wärmende Sonnenstrahlen im Rücken, während sie im kalten Berlin allein in ihrer gemeinsamen Wohnung saß? Dass sie jetzt Nähe und keinen Abstand brauchte? Oder hatte er sie nicht dabeihaben wollen? War er vor ihr geflohen, weil sie von der Gewinner- auf die Verliererseite gewechselt war und von einem Tag auf den anderen ohne Job dagestanden hatte?

Die Angst kroch in ihr hoch, wie heute Mittag. Und wie damals, als sie ein Kind gewesen war und sich vorgestellt hatte, dass ihre Familie den Laden schließen musste und sie zu Bettlern wurden, wie der alte Jakob. Wie schnell sich alles ändern und sicher Geglaubtes verschwinden konnte, erlebte sie gerade am eigenen Leib. Müsste sie sich in wenigen Monaten ebenfalls in die Warteschlange einer wohltätigen Organisation einreihen? Wer hielt sie, wenn sie fiel? Wer stand an ihrer Seite, wenn alles zusammenbrach?

Sophia fühlte sich in diesem Moment sehr allein.

Schaudernd warf sie ihr Handy zurück auf den Couchtisch. Sie würde Lukas später antworten, irgendwann. Für seine Flucht aus ihrem Leben konnte er keinen spontanen Beifall von ihr erwarten. Beim besten Willen nicht!

Sie fühlte sich plötzlich kraftlos und floh vor ihrem eigenen Elend ins Bett, wo sie jedoch keinen Schlaf fand. Zu viele ungebetene Gedanken machten sich in ihrem Kopf breit. Nicht nur Lukas' Abwesenheit setzte ihr zu, auch ihre Familie brachte sie einmal mehr zum Nachdenken.

Mutter hatte vor Jahren einen Bandscheibenvorfall gehabt und musste seitdem auf ihren Rücken aufpassen?

Niemand hatte ihr etwas davon gesagt. Oma und Papa gaben Lebensmittel aus ihrem Geschäft für wohltätige Zwecke weiter. Alle drei halfen dem Nachbarschaftshaus, wo sich Menschen für einen Teller Suppe anstellten. Was für Geheimnisse hüteten wohl Laura, ihr langweiliger Ehemann Philipp und Annabell? Sophia war sicher gewesen, alles über ihre Familie zu wissen (und hatte es nicht besonders interessant gefunden), und stellte nun fest, dass sie a) sich getäuscht hatte und b) nicht mehr dazugehörte. Familie Sommer machte ihr Ding und hielt es nicht für nötig, Sophia mit einzubeziehen. Im Grunde hatte sie das immer gewollt. Warum fühlte es sich jetzt so falsch an?

Was wohl Lukas gerade tat? Würde ihm im Urwald von Sumatra eine Frau begegnen, die sozialer, freundlicher, zugewandter war als sie selbst?

Denn all das war Sophia nicht, daraus hatte sie nie einen Hehl gemacht. Sie gab vor, sich nicht viel aus familiärer Nähe zu machen, sie brauchte weder Liebesschwüre noch einen ständigen Informationsfluss darüber, wer sich gerade wo aufhielt, welches Zipperlein ihn plagte und wann wer nach Hause zu kommen gedachte. Sie war ein nüchterner Mensch, und deshalb passte sie nicht in eine Familie, die es liebte, in Emotionen zu baden. So etwas kam vor. Es hatte ihr nie etwas ausgemacht.

Doch bedeuteten ihre Überlegungen nicht auch, dass sie nicht zu Lukas passte, der sich geradezu begeistert in die Arme der Sommers geworfen hatte?

Sophia wälzte sich im Bett hin und her und seufzte.

Sie musste sich beschäftigen, so konnte es nicht weitergehen. Bewerbungen schreiben, neue Perspektiven finden! Sie hätte nicht auf Lukas' Rat hören sollen, bis Januar abzuwarten, um Kraft zu schöpfen. Sie hatte Kraft, eine ganze Menge sogar. Es wurde Zeit, die verdammte Grübelei zum Teufel zu jagen und sich zurück ins wahre Leben zu stürzen.

• • •

Sophia hob einen Haufen Klamotten aus dem Bad auf und legte ihn in den Wäschekorb. Sie hatte es gestern Nachmittag eilig gehabt, unter die Dusche zu kommen, und deshalb alles auf den Boden fallen lassen. Mit spitzen Fingern pickte sie den geblümten Slip aus Mutters Mottenkiste aus dem Wäscheberg heraus und warf ihn in den kleinen Badezimmermülleimer. Sie würde niemals lauter alten, nutzlosen Kram wie diesen horten.

Sophia setzte sich mit ihrem Laptop zurück ins Bett, um Jobportale zu durchforsten. Sie fand keine Stellenanzeige, die sie reizte oder interessierte, und sah sich deshalb frustriert mehrere Folgen einer Netflixserie an, ohne jedoch wirklich bei der Sache zu sein. Was war nur mit ihr los?

Besser wäre, sie würde jetzt ein heißes Bad nehmen, sich entspannen und anschließend ein paar Leute anrufen. Kontakte spielen lassen. Das war aussichtsreicher als die Suche nach passenden Stellenanzeigen.

Im Bad hing ein Zipfel der alten Unterhose – hellblau mit weißen Streublümchen – aus dem Mülleimer. Sophia starrte ihn an, während sie auf dem Wannenrand saß und darauf wartete, dass ausreichend Wasser eingelaufen war.

Laura hatte mit Vorliebe rosa Unterwäsche getragen. Sophia hatte sie manchmal aufgezogen, weil ihre Schwester so ein typisches Mädchen gewesen war. Eine Heulsuse eben, mit unzähligen Barbiepuppen im Schrank, mit rosa Kleidchen und Röckchen und Rüschenblusen. Auch Laura selbst war am liebsten verziert wie ein Sahnebaiser herumgelaufen. Oma hatte zu ihrem 9. Geburtstag ihr und ihrer Lieblingsbarbie das gleiche Kleid genäht. Laura hatte einen superpeinlichen Kreischanfall – »Oh wie wunderschön, danke, danke, danke!« – bekommen und war fast geplatzt vor Stolz.

Sie hatte kein einziges Klischee ausgelassen, auch nicht die Pferdephase, als sie im Alter von zehn Jahren unbedingt Mitglied in einem Kinderreitverein werden wollte. Was Mutter und Vater ihr natürlich ermöglichten. Mutter besaß schließlich alle Zeit der Welt, um ihre Tochter jede Woche zwei Mal nach Zehlendorf zu kutschieren. Wie es nicht anders zu erwarten war, hatte Laura schnell die Nase voll von ihrem neuen Hobby gehabt, nämlich an dem Tag, an dem sie begriff, dass der Umgang mit Pferden harte Arbeit bedeutete. Prinzessin Laura war sich einfach zu fein, beinhart gefrorene Pferdeäpfel mit einer Schippe vom Boden zu kratzen. In ihren Träumen hatte das alberne Gör wahrscheinlich wie eine Barbie auf dem Pferd gesessen, während den Dreck irgendein Stallbursche wegräumte.

Sophia spottete über Laura, was das Zeug hielt, was ihr

jedoch sanften Tadel von Mutter einbrachte. »Du hast dein Skateboard, Laura sucht eben noch ein Hobby. Da ist nichts dabei.« Ihre Eltern ließen sie skaten, so viel sie wollte, nur manchmal seufzte Mutter, wenn Sophia sich jeden Tag mit den Jungs auf der Straße traf und dabei eine neue Jeans schneller zerriss, als sie »Zieh doch zum Skaten die alten geflickten Hosen an!« sagen konnte.

Klar, dass die unterschiedlichen Schwestern oft in Streit gerieten und Mutter, der Harmonie sehr wichtig war, versuchte zu vermitteln. Sophia erinnerte sich, dass sie sich gern kleine Geschichten ausgedacht hatte, um die Streithähne abzulenken, denn in einem Punkt waren die Geschwister sich einig – sie liebten Geschichten. Und Mutter konnte wunderschön und fesselnd erzählen.

Sophia drehte den Hahn zu, ließ sich ins duftende, warme Wasser gleiten und schloss die Augen.

Sie erinnerte sich noch genau, wie sie beide auf Mutters Knien gesessen hatten. Laura weinerlich und mit zerzausten Zöpfen, weil Sophia sich gern einen Spaß daraus machte, ihr die Schleifen herauszuziehen. Sophia selbst zornig mit hochrotem Gesicht und stets wunden, aufgeschürften Knien. Während Mutter ihnen Geschichten erzählt hatte, hatten die Schwestern meist ihren Streit vergessen.

Erst jetzt, so viele Jahre später, begriff Sophia, wie sanftmütig und klug Mutter auf die unterschiedlichen Temperamente ihrer Töchter eingegangen war. Und dass sie nicht nur die friedliebende Laura, sondern auch den Wildfang Sophia sehr lieb gehabt hatte.

Sie stieg aus der Wanne, griff nach der geblümten Unterhose und zog sie aus dem Mülleimer. Sie würde sie heute nicht wegwerfen. Und morgen auch nicht.

• • •

»Frau Sperling ist heute nicht im Hause.«

»Ach so? Hat sie einen freien Tag?«

Lauras Kollegin schüttelte den Kopf. »Montags geht sie zur Weiterbildung. Morgen ist sie wieder da.«

Weiterbildung? Laura?

Sophia hätte gern mehr erfahren, aber Lauras Kollegin wirkte nicht besonders auskunftsfreudig. Außerdem türmten sich in einem Einkaufswagen neben ihr eine Menge Waren, die offensichtlich schnell in die Regale geräumt werden mussten.

Sophia bedankte sich. Schade, dass ihre Schwester nicht zu sprechen war. Sie hätten einen Kaffee zusammen trinken können. Wie neulich. Bei der Gelegenheit hätte sie fragen können, was Annabell machte und ob sie noch schmollte. Die Kleine hatte sich wegen Sophias Bemerkung ein Diätbuch gekauft? Offensichtlich kam sie nach ihrer Mutter und war genauso ein empfindliches Seelchen. Sophia sah allerdings ein, dass sie zu weit gegangen war. Seit mehr als zwei Wochen saß sie die Situation einfach aus. Es war allerhöchste Zeit, sich bei Annabell zu entschuldigen.

»Sophiechen?«

»Du?«

Vor der Ladentür wäre sie beinahe in ihre Mutter hineingerannt.

»Das ist aber schön, dass ich dich treffe.«

»Laura ist nicht da.«

»Ich weiß, sie ist bei ihrer Weiterbildung.«

Da war es wieder. Alle Sommers wussten über einander Bescheid – nur sie nicht.

»Was hat sie denn vor?«, fragte Sophia gepresst. Unbeteiligt zu tun brachte sie nicht über sich.

»Sie will Filialleiterin werden«, erzählte Mutter mit sichtlichem Stolz, »und im Januar hat sie ihre Prüfung.«

»Wow.« Sophia kam aus dem Staunen nicht heraus. Sie lernte ihre Schwester von einer ganz neuen Seite kennen. Nicht nur dass sie neulich, ohne in Tränen auszubrechen, Kritik an Sophia geübt hatte, sie zeigte sogar beruflichen Ehrgeiz.

»Wollen wir einen Kaffee trinken?«, fragte Sophia, der nicht wohl war bei dem Gedanken, in ihre leere Wohnung zurückkehren zu müssen. Zum Glück hatte ihre Mutter immer Zeit.

Doch sie schüttelte bedauernd den Kopf. »Würde ich so gern, mein Weihnachtsengelchen, aber ausgerechnet heute geht es nicht. Ich hab nachher Dienst in der Teestube.«

»Dienst in der Teestube?«

»Im Nachbarschaftshaus. Wo du mit Papa gestern die Suppe hingebracht hast. Entschuldige, du kannst das ja nicht wissen«, sagte Mutter. »Wir schenken im Winter jeden Nachmittag heißen Tee aus, dazu gibt es Butterbrote. Und

Kekse. Ich habe versprochen, den Tee einzukaufen. In Lauras Geschäft bekomme ich Prozente, weißt du. Wir haben ja nur eine ziemlich schmale Kasse.«

Sophia erinnerte sich, was Mutters Freundinnen ihr über die ehrenamtliche Tätigkeit erzählt hatten. Sie nickte. »Ja, klar. Ich weiß Bescheid.«

»Möchtest du vielleicht mitkommen?«, fragte Mutter. »Bille und Helga schwärmen in den höchsten Tönen von dir. Was du für eine große Hilfe warst. Ich hab gesehen, dass du sogar die Tische dekoriert hast. So eine liebenswerte Idee! Leider warst du schon weg, als Annabell und ich ins Nachbarschaftshaus gekommen sind.«

»Es ging mir nicht so gut«, wich Sophia aus. Sollte sie Mutter erzählen, dass die Armut der Menschen dort sie bedrückt hatte? Dass sie von klein auf unter der Angst litt, es könnte ihr ebenso ergehen? Und dass sie oft gefürchtet hatte, ihre Familie stünde finanziell am Abgrund? Wenn sie es nüchtern betrachtete, stellte sie fest, dass ihre Kleinmädchenängste übertrieben gewesen waren. Denn der Laden der Familie existierte schließlich immer noch. Und ihre Eltern wirkten zufrieden und gelöst, nicht wie Menschen, die kurz vor dem Bankrott standen.

Trotzdem, sie wollte nicht noch einmal mit ins Nachbarschaftshaus gehen. Sie wollte keine Obdachlosen sehen, die sich an einer Tasse Tee die blau gefrorenen Hände wärmten. Sie wollte zurück nach Wannsee und ein Feuerchen im Kamin anzünden.

»Geht nicht, Mama!« sagte sie brüsk. »Ich habe keine Zeit.«

»Na klar, mein Sophiechen!« Mutter zeigte sich wie immer verständnisvoll. Für alles und jeden. So war sie eben. »Schaust du bald mal wieder bei uns vorbei? Es war so schön neulich Abend, dich mal wieder zu Hause zu haben. Und bring Lukas mit! Das ist ja so ein feiner junger Mann! Wie schön, dass er jetzt zur Familie gehört!«

Sophia grinste schief bei dem Gedanken, dass Lukas Mutters letzter Satz sicherlich gefallen hätte. Da hatten sich zwei gesucht und gefunden. Bestimmt würde Mutter nicht glauben, dass genau dieser feine junge Mann ihre Tochter von einem auf den anderen Tag sitzen lassen hatte, um sich in Indonesien unter Palmen zu aalen. Deshalb schwieg sie lieber und nickte nur.

Wieder umarmten sie sich.

Während Mutter ins Geschäft eilte, um Tee für das mildtätige Café zu kaufen, lief Sophia schnurstracks zum Parkhaus, mit dem Ziel, schnellstmöglich nach Hause zu fahren.

• • •

Auf dem Gelände des Nachbarschaftshauses tobten mehrere dick eingemummelte und mit Helmen sowie Knieschützern ausgestattete Kinder mit ihren Skate- und Waveboards herum.

Warum Sophia von der Wilmersdorfer Straße aus nicht Richtung Wannsee, sondern doch nach Schöneberg gefahren war, konnte sie selbst nicht genau sagen. Möglicherweise lag es an dem bedrückenden Gedanken, wieder den Nachmittag und Abend allein zu Hause zu verbringen. Von den einsamen Nächten ganz zu schweigen.

Wenn Lukas den Kamin für sie anzündete, war es entspannt und gemütlich. Sie lümmelten zusammen auf der Couch, während das Feuer prasselte. Er streichelte ihren Nacken und manchmal ergab eine Zärtlichkeit die nächste, bis sie sich in leidenschaftlicher Umarmung auf dem Teppich wiederfanden. Es war schön mit Lukas.

Wenn sie für sich allein ein Feuer machte, sah das Spiel der Flammen natürlich auch gemütlich aus, dennoch fehlte etwas. Besser gesagt: jemand. Jemand, der die schöne Stimmung mit ihr teilte.

Sollte sie ihre Familie zum vierten Advent nach Wannsee einladen? Sie könnte einen Stollen kaufen und Zimtsterne. Oder die unzähligen von Lukas gebackenen Plätzchen verteilen. Kaffee kochen und für Annabell einen Kakao. Sie würden bestimmt gerne zu ihr herausfahren, schließlich hatten sie Sophias und Lukas' gemeinsame Wohnung noch nie gesehen.

Sophia verwarf den Gedanken, so schnell wie er gekommen war.

Wie sollte sie ihrer Familie Lukas' Abwesenheit erklären? Mutter würde sofort denken, die beiden hätten sich getrennt, weil sie Weihnachten, das Familienfest schlechthin, nicht vereint in trauter Zweisamkeit verbrachten. Und sie würde Fragen stellen, so lange, bis Sophia ihr alles erzählte. Dass sie Lukas' spontane Abreise nicht verstand und dass sie manchmal fürchtete, er würde sie verlassen. Eine schreckliche Vorstellung!

Sophia lief unschlüssig vor dem Eingang zum Grundstück des Nachbarschaftshauses auf und ab. Sollte sie hineingehen und erneut ihre Hilfe anbieten?

Sie fühlte sich unsicher. Ihr gestriger Einsatz war interessant und lehrreich gewesen, zumindest bis zu dem Moment, als ihre Gefühle ihr einen Strich durch die Rechnung gemacht hatten. Ihr Beinahe-Panikanfall hatte sie ziemlich überrascht. So plötzlich von irrationalen Gedanken überrannt zu werden, war etwas, das Sophia von sich nicht kannte.

Eins der spielenden Kinder machte kurz vor ihr eine scharfe Bremsung und sprang mit einem geschickten Satz vom Board. »Entschuldigen Sie, ich habe Sie nicht ... Tante Sophia?«

»Annabell?« Unter dem tief in die Stirn gezogenen Helm und den warmen Ohrenschützern war ihre Nichte kaum zu erkennen. »Ist die Schule schon aus?«

Die Kleine nickte. »Wenn Mama zur Weiterbildung muss, gehe ich nach dem Unterricht zu Oma oder wir treffen uns hier. Oma müsste jeden Moment da sein.«

Sophia nickte. Froh, auch einmal im Bilde über das Tun und Lassen ihrer Familie zu sein. »Ich habe sie gerade zufällig getroffen.« Ihr Blick fiel auf das Board zu Annabells Füßen, das sie bisher in ihrer Überraschung nicht wahrgenommen hatte, und ihr blieb der Mund offen stehen. »Ich glaub es ja nicht, du ...?«

»Ich hab dir doch gesagt, dass ich ein Geheimnis habe. Mama mag das nicht so, wenn ich Skateboard übe«, sagte die Kleine und fügte eilig hinzu: »Aber sie hat es nicht verboten, und Oma meint, ich soll mich nach der Schule ruhig richtig austoben, bevor ich mich an die Hausaufgaben setze.«

»Ja, aber ... Ich meine ....« Rechtzeitig verschluckte Sophia den Rest ihres Satzes. Sie hatte schließlich vorgehabt, sich bei ihrer Nichte zu entschuldigen. Nicht den nächsten Fauxpas zu begehen, indem sie Annabell sagte, dass sie ihr nie und nimmer das Skateboarden zugetraut hätte. »Zeig mal, wie du fährst!«

»Hinter dem Haus ist eine Halfpipe. Komm doch mit!«

»Du ... Du fährst die Halfpipe?«

Annabell kicherte. »Ich versuche es zumindest. Solange kein Schnee drauf liegt, übe ich, sooft ich kann. Und es ist nur eine ganz flache Halfpipe.«

»Das macht doch nichts, das ist trotzdem ... Wow!«

Die anderen Kinder, drei Jungs und ein Mädchen, scharten sich neugierig um sie.

»Wer ist das?«, fragte einer der Jungen.

»Meine Tante!«, erwiderte Annabell und stellte Sophia die Kids artig vor. »Das ist meine Freundin Kim und das sind Mohammed, Tim und Bashar.«

Sophia schüttelte allen die Hände.

»Hast du jetzt keine Zeit mehr?«, fragte Kim.

»Doch, doch, sie hat Zeit, und ich will euch wirklich nicht stören«, beeilte sich Sophia zu sagen. »Ich wollte nur kurz zuschauen. Wenn das okay ist.«

»Klar doch«, erwiderte Bashar.

»Sie will sehen, wie wir die Halfpipe fahren.«

»Macht mal! Ich bleibe hier und übe den Ollie weiter«, sagte Kim.

In den nächsten zehn Minuten kam Sophia aus dem Staunen über Annabell kaum heraus. Sie hätte nie für möglich gehalten, dass ihre Nichte sich zwar noch recht wacklig, aber nichtsdestotrotz unerschrocken auf ein Skateboard wagte. Und bei einem unsanften Sturz nicht einmal weinte.

Zurück auf dem Platz vor dem Nachbarschaftshaus, beobachtete Sophia Kim beim Üben.

»Das nervt so«, schimpfte die Kleine, nachdem sie zum wiederholten Mal beim Versuch gescheitert war, den Ollie, die bekannte Skateboardfigur, zu lernen.

»Du musst genau in dem Moment, wenn du hochspringst, das Board mit dem Fuß nach unten drücken«, entfuhr es Sophia. »Genau dann, wenn du merkst, dass dein Gewicht vom Board weggeht. Das ist ein bisschen kompliziert, denn dein Fuß darf, wenn du drückst, nur ganz kurz auf dem Board bleiben, sonst kriegst du es nicht hoch.«

Die Kinder sahen sie überrascht an.

»Du verstehst was davon?«, fragte Tim staunend.

»Ich ... Na ja ...«, stotterte Sophia verlegen. Es war mehr als ein Jahrzehnt her, als sie das letzte Mal auf einem Skateboard gestanden hatte. »Als ich so alt war wie ihr, da habe ich das auch geübt. Den Ollie, den Kickflip …«

»Das weiß ich von Oma«, sagte Annabell.

»Ach so?«

Die Kleine nickte. »Sie meinte, du warst ein richtiges Ass.«

»Wirklich?« Sophia lächelte unwillkürlich. »Und ich hab jede Woche eine Hose kaputt gemacht.«

Annabell lachte. »Das hat Oma auch gesagt. Du warst wie eine wilde Maus.«

»Warum hast du mir nie erzählt, dass du Skateboard fährst?«, fragte Sophia, die sich gleich darauf am liebsten auf die Zunge gebissen hätte. Schließlich hätte sie selbst einmal fragen können, wie Annabell ihre Freizeit verbrachte.

»Kannst du das noch? Den Ollie?«, fragte Kim. »Dann kannst du uns das mal zeigen. Und mit uns zusammen üben!«

Sophia zuckte die Schultern. »Ich weiß nicht.« Würde sie sich nicht den Hals brechen, wenn sie es versuchte? Oder sich wahlweise bis auf die Knochen blamieren?

»Sophiechen, du bist ja doch hier!« Mutter stand plötzlich neben ihr, in den Armen einen Pappkarton voller verschiedener Teesorten.

»Ich habe es mir anders überlegt.«

»Willst du mit Annabell ein bisschen Skateboard fahren? Das ist aber nett von dir.«

»Ich wusste gar nicht, dass sie hier ist«, erwiderte

Sophia. »Eigentlich wollte ich dir beim Teekochen helfen.« So, nun war es heraus. Es gab kein Zurück mehr.

Mutter strahlte. »Ja, gerne! Wir können wie immer jede helfende Hand gebrauchen.« Sie machte sich auf den Weg ins Haus und Sophia folgte ihr.

Kurz vor dem Eingang drehte sie sich noch einmal um und blickte in fünf traurige Gesichter. »Wir sehen uns«, rief sie. »Und dann mach ich mal einen Versuch. Keine Ahnung, ob ich den Ollie noch hinbekomme.«

»Bis zum nächsten Mal!« Kim hob den Daumen. »Übermorgen vielleicht? Am Mittwoch?«

Sophia nickte. Nun hatte sie eine Verabredung.

Drinnen wurde Sophias Mutter bereits erwartet.

»Wir haben ein Problem«, sagte die andere Helferin – Sophia konnte außer ihr niemanden sonst entdecken – und nahm ihr den Pappkarton ab. »Der Besitzer einer türkischen Konditorei auf der Potsdamer Straße hat angerufen. Sie haben eine große Spende für uns, aber Achim ist krank und kann heute nicht kommen. Ohne Auto kriegen wir die Lebensmittel aber nicht transportiert, es sind mehrere Kartons. Dabei wäre es so gut, wenn wir zum Tee ein bisschen Kuchen anbieten könnten.«

»Und die guten Sachen nicht im Müll landen«, ergänzte Mutter. »Ich kann aber auch nicht fahren. Martin braucht das Auto, und ich bin deshalb mit dem Bus hergekommen.«

»Ich kann das übernehmen!«

Beide Frauen sahen Sophia an. »Das ist meine ältere Tochter«, stellte Mutter sie vor. »Sie wird uns heute helfen.

Sophia, das ist Maike, eine der Ehrenamtlichen in der Teestube.«

Sie schüttelten sich die Hände.

»Sie haben ein Auto dabei?«, hakte Maike nach. »Dann schickt Sie der Himmel!«

»Sollen wir nicht du sagen?«, fragte Sophia. Sie hatte schon gemerkt, dass unter den Freiwilligen eine lockere Atmosphäre herrschte. Wohl, weil sich alle so gut kannten. Sie wollte nicht als Fremdkörper dazwischenstehen.

»Gerne!« Maike strahlte und schüttelte ihr gleich noch einmal die Hand. »Willkommen im Team Teestube!«, sagte sie augenzwinkernd.

Sophia ließ sich die Adresse der türkischen Konditorei und den Namen des Ansprechpartners geben. Ziemlich gespannt, was sie nun erwartete, machte sie sich auf zu ihrem ersten Einsatz als Lebensmittelretterin. Und das, obwohl sie vor einer Woche noch nicht einmal gewusst hatte, dass es das überhaupt gab.

Ihre Mutter bedauerte, nicht mitkommen zu können. Sie und Maike waren nur zu zweit und hatten alle Hände voll zu tun. »Aber nimm doch Annabell mit, wenn sie Lust hat«, schlug sie vor. »Sie kann dir beim Tragen helfen.«

Sophia nickte, und wenig später stiegen sie und ihre Nichte zusammen ins Auto.

»Darf ich wirklich vorne sitzen?«, fragte Annabell, die ohne Schutzkleidung und mit ihren langen Zöpfen nun wieder wie sie selbst aussah.

»Na klar! Aber schön anschnallen.«

Ungefähr 20 Minuten später – die Entfernung war ein Klacks, die Parkplatzsuche jedoch nicht ganz einfach gewesen – hielten sie in der Nähe der Konditorei. Sophia klingelte an einem Seiteneingang und fragte nach Ismail, dem Ansprechpartner.

Sie und Annabell wurden freudig begrüßt.

»Wir haben sieben Kartons gepackt«, sagte Ismail. »Drei mit Baklava, einen mit Revani und hier in den dreien ist Schokoladenkuchen drin.«

»Und das hätten Sie sonst alles weggeworfen?«, fragte Sophia erstaunt.

»An manchen Tagen ist es besonders viel.«

»Vielen Dank!«, sagte Sophia. »Das wird von den Empfängern sehr gewürdigt werden.«

»Und du, Kleine!« Der Bäckereibesitzer lächelte Annabell freundlich an, die schweigend dabeigestanden hatte. »Möchtest du mit in den Laden kommen und dir etwas aussuchen?«

Annabell strahlte. Doch nach einem Seitenblick auf Sophia erlosch ihr Lächeln und sie schüttelte den Kopf. »Nein, danke!«, sagte sie. »Ich möchte nicht.«

Gemeinsam trugen sie die Kartons zu Sophias Auto und stapelten sie vorsichtig auf die Rückbank und in den Kofferraum. »Das riecht aber lecker«, sagte Sophia, als sie einstiegen. »Warum hast du dir nichts geben lassen?«

»Da ist ganz viel Zucker drin«, sagte Annabell und wirkte mit einem Mal trotzig. »Und der macht dick.«

»Aber …«

»Du hast doch gesagt, dass ich zu dick bin!«

Sophia erschrak über Annabells ernste dunkle Stimme, den traurigen Blick.

»Hör mal, Annabell!« Sophia lenkte den Wagen noch nicht aus der Parklücke, sondern wandte sich ihrer Nichte zu und sah ihr fest in die Augen. »Was ich gesagt habe, das ... das war nicht richtig. Ich hätte es nicht sagen dürfen, weißt du!«

»Aber du hast doch recht«, erwiderte die Kleine, und die Träne in ihrem Augenwinkel berührte Sophias Herz. »In der Schule sagen die anderen Mädchen auch, dass ich dick bin. Und deshalb mache ich jetzt eine Nulldiät.«

»Aber nein, nein Annabell, das ist ...« Wollte sie wirklich »falsch« sagen? Wäre das aus ihrem Mund nicht die reinste Doppelmoral, eine unglaublich dreiste Lüge? Sophia spürte, dass sie mit Beschwichtigungen nicht zu Annabell durchdringen würde. Sie musste sich genau überlegen, was sie sagte.

»Wir reden später darüber«, wich sie für den Moment aus. »Jetzt bringen wir erst einmal den Kuchen zu Oma und helfen ihr beim Austeilen, okay?«

Annabell wischte sich mit dem Ärmel ihres Anoraks über das Gesicht. »Musst du gar nicht mit mir reden. Ich mache das sowieso. Ich will nämlich genauso schlank sein wie du!«

»Aber Annabell, ich bin doch erwachsen und das heißt ... heißt ...« Sie wusste nicht weiter.

Was hieß das denn? Dass Nulldiäten in Ordnung waren?

Dass dann jede noch so verrückte Methode zum Abnehmen klarging?

Und hatte sie nicht ihre Anstellung verloren, weil sie sich mit ihrem Abnehmwahn ins Aus manövriert hatte? Und überhaupt: Warum quälten sich schon neunjährige Mädchen mit ihrer Figur herum, anstatt fröhlich mit ihren Puppen zu spielen? Warum wohl? Weil sie Tanten hatten, die ihnen ins Gesicht sagten, dass sie zu dick sind!

In diesem Augenblick schämte Sophia sich so sehr, dass es wehtat.

»Annabell, es tut mir so leid!« Sie betrachtete die feinen Züge der Kleinen, die klugen Augen, die von Traurigkeit verdunkelt waren, und war mit einem Mal den Tränen nahe. »Ich ... Das war alles so dumm von mir! Ich ... ich lag so falsch, das ...«

»Willst du mir jetzt etwa sagen, dass ich nicht zu dick bin?« Die Verzweiflung in Annabells Stimme ging ihr durch Mark und Bein.

»Nein ... Ich ... ich will sagen, dass es gar nicht wichtig ist, wie du aussiehst, du bist so ...«

»Bitte hör auf, Tante Sophia! Du machst es nur noch schlimmer, wenn du so etwas sagst!«

Das Kind klang nicht wie 9, sondern wie 29. Und sie, Sophia, war schuld daran. So einfach, wie sie sich das gedacht hatte, würde es nicht sein, Annabell umzustimmen und von der Idee einer Nulldiät abzubringen. Beschwichtigungen halfen ihr nicht weiter, nicht einmal eine Entschuldigung, so ehrlich sie auch gemeint war. Und erst recht kein Alles-wird-wieder-gut-Gesäusel.

Sophia musste sich verdammt noch mal etwas einfallen lassen, wenn sie wieder einen Zugang zu Annabell finden wollte.

Doch was hieß schon »wieder«? Wie lange war es eigentlich her, dass sie ein enges, vertrautes Verhältnis zu ihrer Nichte gehabt hatte?

Kapitel 11

Der nächste Morgen begann für Sophia mit Frühstück im Wohnzimmer. Sie brühte Kaffee auf, viertelte einen Apfel und rieb ihn in eine Schale Haferflocken mit Milch und einer Prise Zimt. Das Tablett mit Schüssel und Tasse darauf balancierte sie zum Couchtisch und begann die Haferflocken zu löffeln. Ihre Laune war den Umständen entsprechend relativ gut. Jedoch bedrückte sie die Stimmung zwischen ihr und Annabell. Sie hatte sich kaum noch Gedanken um ihre Nichte gemacht, jedenfalls nicht in den letzten Monaten, als sie all ihre Kraft dem Aufbau ihrer Karriere gewidmet hatte.

Als Annabell ein Kleinkind gewesen war, hatte Sophia noch etwas mehr Zeit mit ihrer Familie verbracht. Ab und an mal zu einem Essen vorbeigeschaut oder ihre Schwester auf den Spielplatz begleitet. Sie und Laura standen sich nie besonders nahe, aber die Streitereien waren, nachdem sie den Kinderschuhen entwachsen waren, einer Art friedlicher Koexistenz gewichen. Sophia hatte sich immer als die Stärkere der beiden empfunden. Als die Klügere sowieso, was ihrer Meinung nach durch ihre Zeugnisnoten und ihren beruflichen Weg bewiesen wurde.

Aber wie bewies man Stärke?

Laura hatte trotz ihrer frühen Mutterschaft ihre Berufsausbildung abgeschlossen und war vom ersten Tag an Vollzeit arbeiten gegangen. Jede Minute ihrer Freizeit widmete sie ihrer kleinen Familie, und jetzt, wo Annabell größer und etwas selbstständiger war, kümmerte sie sich offenbar auch noch um ihr berufliches Fortkommen.

Das nötigte Sophia einen gewissen Respekt ab. Zumal Lauras Ehe mit ihrer Jugendliebe (was sonst?) Philipp so glücklich zu sein schien wie am ersten Tag.

Wie dunkel Annabells Augen ausgesehen hatten! Du machst alles nur noch schlimmer, Tante Sophia!

Nein, ein neunjähriges Mädchen verletzt zu haben, das fühlte sich nicht gut an. In letzter Zeit war Sophia mehr als einmal gesagt worden, dass ihr Verhalten nicht in Ordnung war. Natürlich hatte sie davon nichts hören wollen, aber wenn sie ehrlich zu sich selbst war, dann spürte sie, dass die anderen nicht ganz unrecht hatten.

Sie trank ihren Kaffee aus und schob sich den letzten Löffel Haferflocken in den Mund. Seit sie wieder regelmäßig aß, fühlte sie sich seelisch deutlich ausgeglichener, gestern beim erneuten Einsatz im Nachbarschaftshaus war keine erneute Panikattacke aufgetreten. Sie hatte Butterbrote geschmiert, Tee ausgeschenkt und zaghaft das eine oder andere Wort mit den Gästen der Teestube gewechselt. Hielt

Essen etwa doch Leib und Seele zusammen, wie Oma immer behauptete?

Nachdem sie ihr Geschirr in die Küche geräumt hatte, verbrachte sie einige Zeit am Computer mit der Suche nach Stellenanzeigen. Danach schnappte sie sich ihr Handy und rief ihre Mutter an. Nach dem sechsten Klingeln schaltete sich der Anrufbeantworter ein.

Familie Sommer ist nicht zu Hause, bitte hinterlassen Sie eine Nachricht.

Auch bei Oma und Laura ging niemand ans Telefon, was mitten am Vormittag, wenn alle Welt arbeiten ging, an sich logisch war, aber es hätte ja sein können ...

Sophia durchforstete ihr Bücherregal nach Lesestoff. Vor ein paar Wochen wäre so viel Zeit glatter Luxus gewesen. Jetzt glich das Lesen eher einem Notbehelf, um die vielen vor ihr liegenden Stunden auszufüllen. Der Weihnachtsroman, den sie ausgewählt hatte, begann mit einer netten Szene – eine Familie fuhr in den Wald, um gemeinsam einen Tannenbaum fürs Fest zu schlagen.

Genau so war es seit Ewigkeiten in ihrer Familie Tradition. Bis vor zwei oder drei Jahren war Sophia noch mitgefahren, danach war sie am Wochenende meist zu lustlos und müde gewesen.

Wie würde sie eigentlich Heiligabend verbringen? Bisher hatte sie den Gedanken an Weihnachten verdrängt, aber nun war es nicht mehr lange hin. Natürlich würde sie, wie jedes Jahr zu Omas Geburtstag, am Vormittag die Geschenke vorbeibringen. Einen Kaffee mit allen trinken.

Und dann?

Kein Lukas. Keine Weihnachtsparty. Dass ihr Kollege sie bis jetzt nicht eingeladen hatte, war mit Sicherheit kein Versehen, sondern glatte Absicht. Sie gehörte nicht länger dazu. Sie war keine liebgewonnene Ex-Kollegin, die man regelmäßig traf, obwohl sie kein Teil des Teams mehr war. Sie war eine Ausgestoßene!

Kurz bevor Sophia in einem See aus Selbstmitleid versank, piepste ihr Handy. Kein Anruf, aber immerhin eine Whatsapp-Nachricht. Von Lukas.

Sie registrierte, dass sie sich voller Hoffnung auf seine Nachricht stürzte, wie eine Ertrinkende auf einen Rettungsring.

Wie geht's dir? Ich denke an dich.

Sollte sie ihm was vormachen? »Hey, mir geht's wirklich super und du fehlst mir überhaupt nicht.« Oder ihm ihren ganzen Katzenjammer offenbaren? »Ich bin so alleine und niemand interessiert sich für mich.«

Sie entschied sich für den Mittelweg: *Bisschen einsam hier. Aber morgen gehe ich wieder in die Teestube.*

Seine Antwort ließ nicht lange auf sich warten: *Teestube?*

Da treffen sich Leute, die nicht viel Geld haben. Würde es Lukas gefallen, dass sie dort aushalf?

Na, so arm bist du doch auch wieder nicht.

Seine Antwort traf bei ihr ein, bevor sie ihm erklären konnte, was es damit auf sich hatte. Sophia blies die Backen auf und tippte: *Das war nicht lustig.*

Entschuldige! War es nicht, aber dass du dort helfen gehst, überrascht mich.

Das liegt an Mama. Die ist dort regelmäßig, und sie rettet auch Essen.

???

Klar, dass er sie nicht verstand. Die Sache mit den Essensrettern hatten ihr Bille und Helga ja ebenfalls erst erklären müssen. *:-) Ja, das kannte ich auch nicht. Aber ich finde, es macht Sinn. Die Teestube hat überhaupt keine finanziellen Mittel, und deshalb bekommen sie gratis Lebensmittel, die im Laden nicht mehr verkauft werden. Brot und Kuchen vom Vortag und so. Und da arbeiten nur Ehrenamtliche.*

Scheint dir Spaß zu machen, schrieb Lukas zurück.

Sophia überlegte einen Moment, was sie ihrem Freund antworten sollte. Noch vor Kurzem wäre ein solcher Gesprächsverlauf undenkbar gewesen. Sie scrollte zurück und las, was für Nachrichten sie ihm in letzter Zeit geschrieben hatte.

Komme nicht vor Mitternacht.

Nee, ich brauch kein Essen. Sorry, aber wie oft denn noch?

Zu dem Geschäftsessen mit deinem Kunden kann ich nicht mitkommen, wir haben Shooting.

Kannst du die Kinokarten bitte zurückgeben? Ich schaff es nicht.

Oh Mann, dieses Adventskaffeetrinken. Mama muss jedes Jahr damit nerven.

Kurze Nachrichten, mal eben im Laufschritt zwischen zwei Meetings getippt. Sophia biss sich auf die Lippen. Im Grunde war es kein Wunder, dass Lukas Weihnachten lieber auf Sumatra verbrachte. Sie hatte ihm bei jeder Gelegenheit einen Korb gegeben. Dass er Abstand brauchte, konnte sie auf einmal gut verstehen. Sie rief ihn an. Irgendwo am anderen Ende der Welt klingelte in diesem Augenblick sein Handy. Sie vermisste ihren Freund, so sehr, dass es körperlich wehtat.

»Lukas?«

»Hey, schön, dass du anrufst.«

»Es tut mir leid.«

»Was denn?«

»Ich bin eine ziemlich miserable Freundin.«

»Wie kommst du denn plötzlich darauf?«

»Na ja, ich habe nichts zu tun und denke unglaublich viel nach. Und da kommt alles hoch, was ich vorher unterdrückt und deshalb gar nicht bewusst wahrgenommen habe. Ich habe auf einmal total viel Angst. Der Jobverlust, die Kollegen, die sich nicht mehr melden, du in Indonesien ... Ich habe nie Zeit für dich gehabt. Und jetzt habe ich Angst, dass du ... du keine Zeit mehr für mich hast.«

»Ich bin froh, dass du so offen bist.«

»Wirklich? Ist es nicht schrecklich, so eine Loserfreundin zu haben?«

»Es ist viel schrecklicher, eine Freundin zu haben, die total perfekt sein will.«

Sophia schluckte. »Du fandest mich schrecklich? Hast du deshalb gesagt, dass du Abstand brauchst?«

»Ich konnte dir nicht mehr folgen in den letzten Monaten, das stimmt. Hab manchmal nicht verstanden, warum du so verbissen an dein Leben herangehst. Aber schrecklich? Nein, natürlich bist du in meinen Augen nicht schrecklich.«

»Ich hab fast jede Verabredung mit dir abgesagt.«

»Ja, hast du.«

»Deshalb bist du ohne mich nach Indonesien geflogen, nicht wahr?«

»Das ist ein bisschen komplexer.«

»Erklär es mir! Ich bin … ich habe das Gefühl, dass ich eine ziemliche Fehlbesetzung bin. Als Tochter, als Schwester, als Tante, als Freundin anscheinend auch. Und von meinem Job will ich gar nicht sprechen.«

Für seine Antwort ließ er sich einen Moment Zeit. »Sagen wir mal so: Ich brauchte ein bisschen Weihnachtsgefühl.«

Sophia verstand sofort, was er meinte, auch wenn sie noch vor wenigen Wochen über seine Antwort gelacht hätte. »Ich weiß, was du meinst«, sagte sie. »Du wolltest spüren, dass du irgendwo dazugehörst. Nicht, weil du schön bist, klug und erfolgreich. Sondern einfach, weil du du bist. Und um deiner selbst willen geliebt wirst.«

Sie hörte, dass er lächelte, als er antwortete. »Ganz genau, Sophia! Ganz genau.«

Ob sie selbst in diesem Jahr zu einem Weihnachtsgefühl fähig sein würde?

Sie wusste es nicht.

• • •

»Wisst ihr noch, als unsere Millie den Weihnachtsbaum umgerissen hat?«

»Das war vielleicht ein Schock!«

»Sophia und ich haben ihn gerade noch so festhalten können, sonst wäre er quer durchs Wohnzimmer geflogen.«

»Und du hattest eine Schramme auf der Stirn.«

»Und Kratzer von Millies Krallen, die meinen Kopf mit dem Baumstamm verwechselt hat.« Laura kicherte. »Ich war so beleidigt, weil ich beim Krippenspiel ein Pflaster auf der Stirn tragen musste. Ein Weihnachtsengel mit Pflaster, das war demütigend.«

Alle lachten.

Mit dem Auto und dem Fuß hart auf dem Gaspedal hatte es kaum 20 Minuten gedauert, bis Sophia die Wohnung ihrer Eltern erreicht und an der Tür geklingelt hatte.

»Sophiechen!« Mutter hatte gestrahlt, als sie in das Gesicht ihrer Tochter sah.

»Mama?« Sophia hatte Mühe gehabt, nicht gleich loszuheulen.

»Was ist denn, mein Schatz?«

»Ich bin auf der Suche nach einem Weihnachtsgefühl.«

Wahrscheinlich hätte jeder andere Mensch sie ausgelacht, ihre Mutter nicht.

»Dann komm mal rein«, hatte sie gesagt und gezwinkert. »Ich glaub, da kann ich helfen. Hast du Lukas gar nicht mitgebracht?«

»Der ... der konnte nicht.«

Jetzt schmückten sie zusammen eine riesige Tanne, die sie in diesem Jahr einmal nicht selbst geschlagen, sondern im Baumarkt gekauft hatten (»Sonst hätten wir dich doch gefragt, ob du mitkommst, Sophiechen!«), und erzählten Anekdoten. Der erste Teller Gebäck war schon leer, und Großmutter kam mit einer überdimensionalen Dose aus der Küche, um ihn wieder aufzufüllen. Sophia wusste nur zu gut, welche Unmengen an Plätzchen jeden Advent im Hause Sommer gebacken wurden. Als Kind hatte sie begeistert mitgeholfen. Der süße Duft war vier Wochen lang unaufhörlich aus der Küche gewabert. Es gab niemanden in der Familie, der nicht gerne naschte.

Etwas unbeholfen stand Sophia im Türrahmen und beobachtete das ausgelassene Treiben. Philipp balancierte Annabell auf seinen Schultern, die zufrieden lächelnd die oberen Äste mit kleinen Kugeln schmückte. »Hüh, Papa-Pferdchen, los, nach rechts!«

»Guck mal, Kind!« Oma reichte Sophia einen Karton. »Der ist für dich!«

Sophia runzelte die Stirn. Sollte sie wirklich auch noch um den Baum herumschwirren, wo doch schon so ein großes Durcheinander herrschte? Papa, der versuchte, eine meterlange Lichterkette anzubringen, begleitet von Mamas Anweisungen, während Philipp mit Annabell herumturnte, Laura Strohsterne aufhängte, Oma die Kartons öffnete und sortierte.

»Weiter rechts, Martin!«, rief Mutter. »Höher! Höher! Die oberen Äste müssen doch auch Kerzen abkriegen.«

Die Katze Millie gab es schon viele Jahre nicht mehr, sonst wäre das Chaos wohl perfekt gewesen.

Sophia öffnete den Karton und schluckte. Natürlich! Auch das hatte Mama aufgehoben: eine ganze Sammlung weihnachtlicher Basteleien aus Sophias Schulzeit. Ein Engel mit Wollhaaren und einem Körper aus einer Klopapierpappe, ein Strohstern mit roten Holzperlen, ein geschnitztes Etwas, das entfernt einem Tier ähnelte. Es sollte vermutlich ein Ochse oder ein Esel sein. Eine Karte mit einem aufgeklebten Tannenbaum aus glitzerndem Papier und der Aufschrift: *Für Mama und Papa zu Weihnachten*. Und vieles mehr.

Sie spürte Omas Blick auf sich ruhen. »An den Baum damit!«

»Den hässlichen Klorollenengel?«

»Der ist doch nicht hässlich.«

»Ich kann nicht verstehen, dass ihr den wirklich jedes Jahr an den Baum hängt.«

»Na, aber selbstverständlich.« Oma lächelte. »Er darf nicht fehlen! Genauso wenig wie Lauras Bastelarbeiten – und die von Annabell natürlich.«

Sophia trat noch einen Schritt zurück und betrachtete die riesige Tanne. Sie glich mitnichten den edel geschmückten Bäumen in den großen Shoppingmalls von Berlin. In diesem Jahr war Lila die erklärte weihnachtliche Modefarbe, dementsprechend leuchtete der Schmuck in der Innenstadt recht unterkühlt. Sophia musste zugeben, Trend hin oder her, dass ihr Rot und Gold deutlich besser gefielen.

Der Baum der Familie Sommer glich ihrem Geschäft. Er sah aus wie ein Kramladen – heimelig, einladend und ein bisschen chaotisch. Von lila leuchtender kühler Eleganz keine Spur. Auf den Klorollenengel kam es nun weiß Gott nicht mehr an. Sophia lächelte, als sie die kleine Bastelei aus ihrer Kindheit an einen der ausladenden Äste hängte.

Wenig später rutschte Annabell von Philipps Schultern und klatschte in die Hände, als der Inhalt aller Kartons seinen Weg an den Baum gefunden hatte. »Das sieht so schön aus!«

Die komplette Familie hatte sich um die Tanne versammelt, und als Papa den Stecker der Lichterkette einsteckte und Hunderte kleine Leuchten aufglimmen ließ, applaudierten die Umstehenden.

Sogar Sophia klatschte in die Hände. Zögerlich zwar, und auch ihr fröhliches Lächeln fühlte sich ein wenig ungewohnt für sie selbst an.

Der Baum … Er war nicht elegant. Er würde keinen Wettbewerb gewinnen, sah kein bisschen trendy aus, und kein Foto von ihm würde je auf den Wohnseiten eines Hochglanzmagazins abgebildet werden.

Doch die gleichmäßig gewachsene hohe Tanne besaß, nachdem die Sommers sich ihrer bemächtigt hatten, ganz andere Qualitäten:

Sie strahlte Wärme aus.

Und Persönlichkeit.

Und plötzlich war es da: das Weihnachtsgefühl. Sophia schluckte und spürte ein Tränchen im Augenwinkel. Vor Glück!

Kapitel 12

Sophia konnte es kaum glauben, dass sie den Ollie noch so sauber hinbekam. Immerhin war eine kleine Ewigkeit vergangen, seit sie das letzte Mal auf einem Skateboard gestanden hatte.

Die Kinder, die sich erneut auf dem Gelände des Nachbarschaftshauses eingefunden hatten, applaudierten.

Annabell fehlte dieses Mal. Leider!

Nach dem Weihnachtsbaumschmücken im Kreis ihrer Familie hatte sich für Sophia keine Gelegenheit ergeben, sich ihrer Nichte wieder anzunähern. Zwar hatten sich nach vollbrachter Tat alle um den Tisch versammelt und sich gemeinsam Linsensuppe schmecken lassen, aber gleich, als alle Teller geleert waren, hatte Laura darauf bestanden, dass Annabell zu Bett ging. Es war übers Baumschmücken und Essen ziemlich spät geworden.

Sophia hatte ihre Nichte unauffällig beobachtet. Sie wirkte zwar heiter, aber sie aß kaum etwas, sogar den Nachtisch hatte sie ignoriert. In dem allgemeinen Trubel war ihr Verhalten jedoch dem Rest der Familie nicht weiter aufgefallen. Laura hatte mal wieder nur Augen für ihren Philipp gehabt und schien nicht zu bemerken, dass Annabell das Essen verweigerte.

»Du kannst uns trainieren«, riss Kim Sophia aus ihren Gedanken.

Sophia winkte ab. »Oh, nein! Danke für das große Lob, aber so gut bin ich nicht.«

Das Mädchen ließ die Schultern hängen. »Schade!«

»Ihr findet bestimmt einen besseren Trainer.«

»Nein.« Kim schüttelte den Kopf. »Weißt du, wir hatten mal einen, aber der musste aufhören, weil die hier im Haus nicht genug Geld haben, um ihn zu bezahlen.«

»Und der Basketballtrainer ist auch weg«, fügte Bashar hinzu. »Jetzt kommt manchmal unser Sportlehrer aus der Schule und trainiert mit uns. Der macht das zum Glück ohne Geld, aber der hat auch nicht immer Zeit.«

»Gibt es hier überhaupt für irgendetwas genug Geld?«, rutschte es Sophia heraus.

Der finanzielle Zustand des Nachbarschaftshauses machte sie ehrlich betroffen. Drin werkelten bereits wieder Bille und Helga, um die Teestube vorzubereiten. Zwei Lebensmittelretter hatten soeben Radtaschen voll Backwaren abgegeben. Es würde wieder einmal reichen, aber was, wenn eines Tages keine Lebensmittelretter vorbeischauten? Was, wenn kein Händler sich mehr bereit erklärte, Essen zu spenden?

Natürlich gab es im Nachbarschaftshaus auch feste Angebote und angestellte Mitarbeiter, die ein buntes Programm zusammenstellten. Aber dass auch sie mit knappen Mitteln zu kämpfen hatten, war leicht ersichtlich. Am Ende des monatlich erscheinenden Flyers, der für die Veranstaltungen des Hauses warb und in den Geschäften der Umgebung ausgelegt wurde, machten sie darauf aufmerksam, dass Patenschaften, Spenden und Ehrenamtliche dringend benötigt wurden.

Sophia stellte es sich schwierig vor, unter solchen Bedingungen zu arbeiten. Nicht alle, aber einige Angebote des Hauses standen sprichwörtlich auf tönernen Füßen. Umso mehr bewunderte sie die stets und ständig gute Laune der Mitarbeiter und Ehrenamtlichen.

Als in Sophias Agentur einmal der Kaffeevollautomat ausgefallen war, hatten fast alle Mitarbeiter den ganzen Tag schlechte Laune gehabt, sie selbst nicht ausgenommen. Hier war an so einen hochpreisigen Automaten nicht einmal zu denken – und das störte keinen. Eine alte röchelnde Kaffeemaschine brühte den Kaffee für alle. Das Kaffeepulver und die Filtertüten brachten die Mitarbeiter von zu Hause mit.

Sophia musste oft daran denken, was Bille ihr vor ein paar Tagen gesagt hatte: Sie würde hier unentgeltlich arbeiten, weil sie etwas zurückgeben wolle, als Dank dafür, dass ihr eigenes Leben so gut verlief. Wieder einmal stellte sie fest, wie sehr sie das beeindruckte.

Sie sah in die Augen der drei Kinder, die erwartungsvoll auf ihr ruhten.

»Zeigst du mir noch mal, wie der Ollie funktioniert?«, bat Kim.

Sophia nickte, während ein neuer Gedanke in ihrem Kopf Gestalt annahm. Auch wenn sie selbst nicht in der Lage war, die Kinder zu trainieren – sie war viel zu lange nicht Skateboard gefahren, und außerdem würde ihr die Zeit fehlen, sobald sie eine neue Anstellung hatte, und dann müsste auch sie die Truppe im Stich lassen. Es musste doch möglich sein, den Kindern einen Trainer zu verschaffen.

• • •

»Kommst du noch mit zum Essen nach Hause?«

Auch Mutter hatte sich wieder zu der Runde der nachmittäglichen Helfer gesellt. Soeben hatten sie beide die letzten gespülten Teller zurück in den Schrank gestellt. Die Küche war blitzsauber gewienert, bereit für den nächsten Einsatz. Sophia nickte.

Nicht dass sie hungrig wäre, aber sie verspürte keine Lust, jetzt schon raus nach Wannsee zu fahren. Eine Tasse Tee würde ihr guttun. Sie hatte fast den ganzen Nachmittag mit den Kindern im Freien verbracht und war ziemlich durchgefroren. Mit Kim, Bashar und Mohammed war sie nicht lange allein geblieben. Es hatten sich noch ein paar Jungen und Mädchen dazugesellt, leider war Annabell wieder nicht darunter gewesen. Kim erklärte, dass sie einmal in der Woche zum Flötenunterricht gehe, und heute sei dies der Fall. »Annabell spielt voll gut!«, lobte die Kleine ihre

Freundin. »Sie kann überhaupt voll viel – tanzen, singen, flöten und skateboarden. Und gut in der Schule ist sie auch.«

Außerdem hat sie eine sehr nette und loyale Freundin, hatte Sophia froh festgestellt.

Jetzt saß Sophia in ihrem Auto, und ihre Mutter ließ sich mit leisem Seufzen auf den Beifahrersitz sinken. Sophia bemerkte, dass sie sich unauffällig ihr Kreuz rieb.

»Wie geht's deinem Rücken?«

»Gut, alles gut. Nicht der Rede wert.«

So kannte Sophia ihre Mutter. Jammern war ihr fremd. Ihr würde niemals einfallen, sich mit einem sogenannten »Wehwehchen« in den Mittelpunkt zu stellen.

»Lass uns bitte kurz am Laden halten«, bat Mutter. »Ich brauche noch ein bisschen Gemüse für den Auflauf.«

Sophia nickte und bremste wenig später vor der Tür des Geschäfts.

»Kommst du mit rein?«

»Weiß nicht ...« Seltsam, dass sie das leise Unbehagen beim Anblick des Familiengeschäfts nicht aus den Knochen bekam. Doch was sollte schon passieren? Sie wollten nur etwas Gemüse holen.

Also nickte Sophia, stellte den Motor ab und stieg aus. Beim Hineingehen warf sie einen Blick auf das Schaufenster, an dem sich gerade ein paar Kinder die Nase platt drückten.

»Hallo, Berti!« Sie konnte es nicht lassen, die hölzernen Krippentiere wie alte Freunde zu grüßen.

»Hast du was gesagt?« Mutter sah sie fragend an.

»Ich?« Sophia schüttelte grinsend und plötzlich gut gelaunt den Kopf. »Nein, ich … ich hab nur laut gegähnt.«

Großmutter legte gerade das Telefon auf, als die beiden eintraten. Die alte Türglocke bimmelte wie vor Jahrzehnten, aber ansonsten …

Sophia hielt die Luft an.

Der Laden!

Was war geschehen, seit sie das letzte Mal hier gewesen war? Sie erkannte das Geschäft nicht wieder.

Oma wirkte ein wenig überfordert. »Schon wieder eine Anfrage! Die rennen mir die Bude ein.«

»Wer?«, fragte Sophia, die sich mit weit aufgerissenen Augen im Laden umsah. Ihren Mund hatte sie bereits wieder zugeklappt.

»Na, die Journalisten!«

»Die Journalisten?« Was redete Oma da?

»Die wollen alle über uns schreiben, seit wir …« Ihre Großmutter hob hilflos die Arme. »Aber du weißt ja noch gar nicht Bescheid, oder? Ich wollte dir schon hundertmal davon erzählen und dich bitten, dir hier alles einmal anzusehen, aber irgendwie bin ich immer davon abgekommen.«

»Oje«, Sophias Mutter errötete ein wenig. »Ich bekenne mich schuldig. Hab auch nicht dran gedacht. Außerdem bin ich davon ausgegangen, Papa hätte dir alles erzählt.«

»Und Papa dachte wahrscheinlich, ihr habt mich eingeweiht«, sagte Sophia. »Ihr seid lustig. Was habt ihr bloß mit dem Laden gemacht?«

Die Türglocke bimmelte (immerhin die war noch die

alte), als zwei junge Frauen das Geschäft betraten und zielstrebig auf die Theke zusteuerten.

»Oma und Papa haben einen Preis gewonnen«, wisperte Mutter, während Oma die Kundinnen nach ihren Wünschen fragte.

»Einen Preis?«

»Vom Umweltministerium, für innovative Geschäftsideen.«

»Mama, ich kapiere gar nichts.«

Der Laden der Familie erinnerte noch immer an das zweite Zuhause ihrer Kindheit – der dunkle Dielenboden, die uralten, marokkanisch angehauchten Fliesen an den Wänden, das ausladende Schaufenster, die Bedientheke mit Backwaren, hinter der Oma und Papa wirtschafteten, seit Sophia denken konnte. Aber es gab kaum noch Regale, stattdessen hingen an den Wänden große gläserne Behälter mit ventilartigen Verschlüssen. Darin befanden sich Lebensmittel – Flocken, Getreide, Zucker, Müsli, Mehl ... Sophia hatte einen Laden wie diesen noch nie gesehen.

Mutter zeigte auf die Behälter, dann auf das Obst und Gemüse in rustikalen Holzkisten. »Das ist unser neues Unverpackt-Konzept.«

»Euer neues ... was?« Die Überraschungen wollten kein Ende nehmen.

»Wer zu uns einkaufen kommt«, erklärte Mutter leise, um die Kunden nicht zu stören, »bringt seine Verpackungen selbst mit. Zum Beispiel Gläser, um Müsli einzufüllen. Die wiegst du zuerst dort am Eingang, du willst das Gewicht des

Behälters schließlich nicht mit bezahlen, und dann zapfst du dir, was du brauchst, aus den Behältern und gehst bezahlen. Für die Backwaren, Obst und Gemüse bringen die meisten Leute Stoffbeutel mit.«

Sophia beobachtete ein Pärchen, das soeben eingetreten war. Nach einem freundlichen »Hallo!« holten die beiden Papiertüten und eine Tupperdose aus ihrem Rucksack und bedienten sich an den Zapfhähnen.

»Wir sind seit einem Jahr komplett plastikfrei«, sagte Mutter stolz. »Gefällt es dir?«

»Aber das ist …« Sophia schluckte. Nicht nur war das Konzept innovativ, der kleine, alte Laden war einfach wunderschön. Die Einrichtung aus Glas und Holz wirkte in Verbindung mit der alten, aber aufgemöbelten Bedientheke und den bunten Fliesen warm und gemütlich. Auf seine Art sogar regelrecht stylish. »Das ist ja unfassbar toll und großartig.«

Unfassbar toll!

Großartig!

Niemals hätte Sophia für möglich gehalten, dass der Tag kommen würde, an dem sie den Laden ihrer Familie in Verbindung mit diesen Wörtern brachte. Den Laden, der ihr viele Jahre fast als Bedrohung für ihre Familie erschienen war und Ängste in ihr ausgelöst hatte.

Aus dem Lager kommend, betrat ihr Vater den Geschäftsraum. Sein Handy in der Hand, rief er fröhlich: »Es hat geklappt. Wir haben die Zusage, dass unser Gemüsehändler seine Ware nicht mehr vorsortiert.«

»Und was heißt das?«, fragte Sophia.

»Dass wir ab sofort auch krumme Gurken verkaufen und zweibeinige Möhren. Und die etwas eigenwillig aussehenden Sachen nicht mehr schon vom Bauern weggeworfen werden müssen, weil sie keiner haben will.«

»Wie früher«, sagte Oma mit zufriedenem Lächeln. »Ihr werdet sehen, die kleinen Äpfel schmecken am süßesten.«

Die zwei Kundinnen applaudierten. »Die gehören ja auch nicht auf den Müll«, sagte eine von ihnen.

»So ist es«, bestätigte Großmutter.

• • •

Die Fahrt nach Schöneberg, die umständliche Parkplatzsuche und der anschließende Gang ins Nachbarschaftshaus fühlten sich am nächsten Tag schon beinahe vertraut an.

Zeitgleich mit ihr traf eine etwa gleichaltrige Frau auf dem Gelände ein. »Sophia, bist du das?« Unter ihrer Pudelmütze drängten sich lockige, leuchtend rot gefärbte Haare hervor. Die schwarz gerahmte Brille saß auf einer schmalen, sommersprossigen Nase. »Sophia Sommer?«

»Ähm ...« Sekundenbruchteile später erkannte sie die Frau. »Isabella?«

»Und ob!« Ihre ehemalige Klassen-kameradin fiel ihr um den Hals. »Du bist es wirklich!«

»Ja, ich ...« Sophia war verwirrt. Was für eine freundliche Begrüßung!

»Ich hab schon gehört, dass wir eine tolle neue Ehrenamtliche haben, alle schwärmen in den höchsten Tönen. Aber dass du das bist ...!«

»Wir?«, staunte Sophia. »Heißt das, du arbeitest hier?«

Ihre alte Klassenkameradin nickte. »Ich bin eine der Sozialarbeiterinnen.«

»Tatsächlich?« Der letzte Beruf, den Sophia sich für ihre ehemals beste Feindin hatte vorstellen können, war der einer Sozialarbeiterin. Zumindest als Schülerin war ihr soziales Verhalten ziemlich fremd gewesen.

»Wir haben uns ja eine Ewigkeit nicht gesehen!« Isabella schien sich aufrichtig zu freuen. Oder war aus ihr eine geniale Schauspielerin geworden?

Sophia war ziemlich verwundert über ihre Reaktion. Zwar hatten Julia und Isabella es irgendwann aufgegeben, Sophia zu ärgern, aber eine Freundschaft hatte sie auch dann nicht verbunden, nachdem sie gemeinsam aufs Gymnasium gewechselt hatten.

»Ich habe viel um die Ohren«, sagte Sophia.

Isabella nickte. »Hab ich gehört. Du arbeitest in der Werbung. Cool! Du warst schon immer diejenige von uns, die am meisten Fantasie besaß. Weißt du noch, manchmal musstest du einen deiner Aufsätze vorlesen. Dann war es mucksmäuschenstill in der Klasse.«

Sophia kam aus dem Staunen nicht heraus. Was war mit Isabella los? »Schön«, sagte sie etwas unsicher. »Schön, dass du das noch weißt. Aber, wer hat dir erzählt, dass ich in der Werbung arbeite?«

»Na, dein Vater.« Aus Isabellas Mund klang es, als wäre

das eine Selbstverständlichkeit. Und das schien es auch zu sein, wie ihr nächster Satz bestätigte. »Wenn ich bei euch einkaufe, halten wir manchmal ein Schwätzchen.«

»Du kaufst bei uns ein?«

»Ja, klar! Der Laden ist der Hammer. Ganz ehrlich! Was deine Leute daraus gemacht haben, ist eine richtige Bereicherung für unseren Kiez.«

Sophia konnte nicht fassen, welche Verwandlung ihre ehemalige Klassenkameradin durchgemacht hatte. Sie war richtig nett. Was sie sagte, klang aufrichtig. »Du hast doch immer ...« Sophia biss sich auf die Zunge. Sollte sie wirklich von den alten Geschichten anfangen? Besser nicht. Auch wenn die Demütigungen ihrer Kindheit ihr plötzlich sehr präsent erschienen.

Isabella hielt bereits die nächste Überraschung auf Lager, indem sie selbst auf die alten Zeiten zu sprechen kam. »Gott, wie hab ich dich beneidet, als wir klein waren.«

»Du hast was?« Sophia hörte Bitterkeit in ihrem eigenen Lachen. Jetzt war sie sicher, dass sie ihrer alten Klassenkameradin kein Wort glauben konnte. »Entschuldige! Du verkohlst mich!«

»Nein, warum sollte ich?« Isabellas helle Augen hinter den Brillengläsern musterten sie aufmerksam. Dann lächelte sie. »Du hast es nicht kapiert, oder?«

»Was habe ich nicht kapiert?«

»Dass wir furchtbar neidisch waren, Julia und ich. Auf deine tolle Familie, deine Omi, die dir immer etwas Leckeres zugesteckt hat. Deine Mutter, die immer Zeit für dich hatte, den herrlichen Laden mit den dicken Bonbongläsern und Lakritzstangen.«

»Und warum wart ihr …?«

»Meine Mutter hat mir nicht mal ein Schulbrot mitgegeben.« Isabella klang traurig, und auf ihrem hübschen Gesicht zeigte sich Bitterkeit. »Sie brauchte ihr Geld für wichtigere Dinge als ihre Tochter.«

»Das hab ich nicht gewusst.«

»Nein, das durfte auch niemand wissen, und ich habe alles darangesetzt, zu vertuschen, wie schlecht es mir ging. Ich hätte gerne mit dir getauscht und eine so liebevolle Familie gehabt wie du oder wäre gerne mit dir befreundet gewesen.«

»Das hast du aber geschickt verborgen!«

»Du hast mich nie beachtet.«

»Weil ich Angst vor dir hatte!«

»Wirklich? Dabei hattest du Johanna und die Jungs. Gott im Himmel, weißt du noch, wie sie dir alle zu Füßen lagen, weil du so unerschrocken Skateboard gefahren bist?« Isabella lachte. »An dich war kein Rankommen, du warst immer in bester Gesellschaft. So jedenfalls sah es für mich aus.«

Wie seltsam! Jahrelang hatte sie unter dem Verhalten von Isabella und den anderen gelitten. Sich klein und minderwertig gefühlt. Und nun, so viele Jahre später, kam eine ganz andere Wahrheit ans Licht: Isabella war nicht das strahlende, starke Mädchen gewesen, für die Sophia sie gehalten hatte, sondern unsicher und alleingelassen. Ganz anders als Sophia, die immer ihre Familie um sich gehabt hatte.

Mit einem Mal tat die Isabella ihrer Kindheit Sophia furchtbar leid. Und dieses Gefühl änderte alles. Alles, was geschehen war, wie sie gelebt und gefühlt hatte, erschien Sophia plötzlich in einem anderen Licht.

»Danke!«, sagte sie. »Danke, dass du mir das erzählt hast! Mir ist ... mir ist gerade ein Licht aufgegangen.«

Sie lächelten sich an. Aufrichtig. Ganz im Hier und Jetzt.

Von diesem denkwürdigen Treffen musste Sophia nachher ihrer Mutter erzählen. Und Lukas.

»Sag mal, Themawechsel! Wenn du in der Werbung bist ...« Isabella wirkte etwas unsicher, als sie weitersprach.

»Ja?«

»Können wir uns nachher mal unterhalten?«

»Gerne.«

»Es ist ... ich will das nicht ausnutzen, dass du so ... na ja, dass du Werbeprofi bist. Versteh mich nicht falsch. Ich weiß, deine Arbeit ist einen Haufen Geld wert.«

»Nun sag erst mal, was du auf dem Herzen hast!«

»Am Samstag haben wir unseren großen Adventsbasar bei uns im Haus. Ich weiß, das ist nicht mehr lang hin, aber dann sind so viele Leute hier wie sonst nie. Ob du vielleicht ...? Meinst du, man könnte sie irgendwie ansprechen?«

»Auf Spenden?«

»Ja, vielleicht. Es fehlt uns an allen Ecken und Enden. Wir haben so viele gute Ansätze, aber ... es ist ... Hast du vielleicht eine Idee, wie wir unser schönes Haus ein bisschen auf Vordermann bringen können?«

Sophia nickte. »Du wirst lachen«, sagte sie. »Darüber habe ich mir schon Gedanken gemacht.«

Kapitel 13

»Sophiechen, ich weiß ja nicht, was du heute noch vorhast …«

Nichts. Wie immer.

Ihre Mutter druckste ein bisschen herum, bevor sie mit dem Grund ihres Anrufes herausrückte. »Könntest du heute um 14 Uhr Annabell von der Schule abholen und zum Ballett bringen? Oder passt dir das zeitlich nicht?«

Sophia überlegte, ob sie nicht langsam mal mit der Wahrheit herausrücken sollte. Nämlich dass sie sehr froh war, etwas zu tun zu haben, damit die endlos lang erscheinenden Tage schneller vorbeigingen!

Bisher hatte sie es vermieden, ihrer Familie zu erzählen, warum sie neuerdings jeden Tag in der Teestube helfen und sich danach noch mit Isabella in deren Büro für ausgedehnte Gespräche verabreden konnte. Noch musste die Erklärung herhalten, sie sei krankgeschrieben. Doch das würde nicht ewig funktionieren, außerdem kam sie sich langsam albern vor. Ahnten ihre Eltern nicht längst etwas? Schließlich wirkte sie bei jedem Treffen fit und gesund. Und neuerdings besaß sie sogar einen ausgeprägten Appetit.

»Ich habe alle Zeit der Welt.« So, nun war es heraus. Jedenfalls fast. Sophia holte tief Luft. »Ich bin nämlich von meiner Arbeit freigestellt.« Es tat gar nicht weh.

»So?« Ihre Mutter blieb zurückhaltend. Vermutlich befürchtete sie, in einen Fettnapf zu treten, wenn sie genauer nachfragte.

»Ich habe Mist gebaut.« Sophia, einmal über ihren Schatten gesprungen, rückte nun mit der ganzen Wahrheit heraus.

»Kann ich mir bei dir gar nicht vorstellen«, sagte Mutter. »Du arbeitest doch so gerne, und schon als Kind warst du immer unglaublich sorgfältig mit allem, was du gemacht hast. Mist bauen, das passt gar nicht zu dir.«

Wieder im Nebensatz eine Aussage, die Balsam für Sophias angeschlagenes Selbstbewusstsein war. Warum hatte sie ihre Kindheit lange als von Angst und Kummer überschattet wahrgenommen? Wo sie doch geliebt und umsorgt worden war? Warum hatte ihr Gedächtnis den negativen Erinnerungen stets den Vorzug vor den positiven gegeben?

»Na ja … es war auch eher … Es war sozusagen menschlicher Mist, den ich gebaut habe.« Dieses Mal sagte Mutter nicht gleich, dass sie sich das nicht vorstellen konnte. Aber Sophia nahm es ihr nicht übel. »Ich erzähle euch die Einzelheiten bei Gelegenheit.«

»In Ordnung, Sophiechen! Ganz wie du möchtest. Lieb, dass du dich um Annabell kümmerst!«

• • •

Ein wenig aufgeregt war Sophia schon, als sie Stunden später in der Nähe der Schule parkte, um ihre Nichte abzuholen. Wie würde Annabell reagieren, wenn sie und nicht wie gewohnt ihre Großmutter auf sie wartete? Schließlich stand Sophias ungeschickter Kommentar noch immer ungeklärt zwischen ihnen.

Je öfter Sophia darüber nachdachte, umso klarer wurde ihr, dass sich blöde Sprüche oder dahingeworfene gemeine Aussagen im Inneren festsetzten und über die Jahre wie ein schleichendes Gift wirkten. Unbewusst hatte Sophia ihren Familienmitgliedern die Schuld für ihr damaliges Unbehagen und ihre Angst gegeben und sich deshalb beinahe von ihnen entfremdet.

Als sie Isabella begegnet war, waren die Erinnerungen an so manche Demütigung auf Sophia eingeströmt und die alten, verdrängten Gefühle wieder lebendig geworden – die Scham, nicht toll genug zu sein, um zu den beliebten Kindern zu gehören. Die Angst, ihr Geschäft müsste schließen und die Familie würde kein Geld mehr besitzen. Die vielen kleinen, aber schmerzhaften Nadelstiche, wenn die anderen Mädchen sich ohne sie verabredeten und hinter ihrem Rücken, aber so laut, dass sie es hören musste, über sie redeten.

Und nun, viele Jahre später, hatte sie durch einen Zufall erfahren, dass Isabella sie gar nicht abgelehnt, sondern beneidet hatte. Sophia war der alten »Feindin« unendlich dankbar dafür, dass sie ihr die Augen für die Wahrheit geöffnet hatte und so die alten Wunden endlich heilen konnten.

Würde das, was sie beim Adventskaffee gesagt hatte, in 20 Jahren ihrer Nichte noch immer wehtun? Das durfte sie nicht zulassen! Sophia musste den Giftpfeil, den sie verschossen hatte, ohne es wirklich zu wollen, entfernen, bevor er größeren Schaden anrichten konnte.

»Tante Sophia?« Annabell stand plötzlich vor ihr, das Handy in der Hand. »Was machst du denn hier?«

»Fahrdienst.« Sophia zeigte auf ihr Auto. »Oma kann dich heute nicht zum Ballett bringen, deshalb mache ich das.«

»Ballett fällt aus.« Die Kleine zeigte auf ihr Telefon. »Ich habe gerade eine Nachricht bekommen. Meine Lehrerin ist krank.«

»Dann machen wir zwei was Schönes!« Sophia war dem Zufall dankbar für diese Wendung.

»Wirklich?« Annabell sah sie zweifelnd an. »Du hast Zeit?«

Sophia nickte. »Ich habe Oma vorhin schon erzählt, dass ich im Moment nicht arbeiten gehe. Und weißt du was? Ich habe bei mir im Keller herumgekramt. Rate, was ich gesucht und gefunden habe?«

»Ich weiß nicht.« Die Kleine zeigte nur verhaltene Freude und schien lieber auf der Hut zu bleiben.

»Ich heb nur ungern alte Sachen auf, aber in diesem Fall habe ich eine Ausnahme gemacht.« Sophia öffnete den Kofferraum. »Na, was sagst du?«

»Wow!« Jetzt strahlte Annabell. Endlich! Sophia ging das Herz auf. »Das sieht so cool aus!«

»Ich habe mich auch gefreut, es wiederzusehen«, sagte Sophia und nahm ihr altes Skateboard heraus. »Es war, als ob ich nach Jahren einen alten Freund treffe.«

Annabell kicherte.

Sophia spürte, dass das Eis zwischen ihnen brach. »Lustig, oder?«

»Nein, das nicht.« Annabell lachte noch einmal. »Oma hat mir erzählt, dass du manchmal den Figuren im Schaufenster Hallo sagst. Den Tieren von der alten Krippe.«

»Sie hat es also doch gehört!« Sophia fiel in das Lachen ihrer Nichte ein. »Da hat sie recht. Jonny und Berti, der Esel und der Ochse, waren schon immer meine Freunde. Hat dir Oma erzählt, dass ich mit ihnen gespielt habe?«

Annabell nickte. »Und Uroma Agatha hat gesagt, du hast ihr immer geholfen, die Weihnachtsdekoration im Laden zu machen. Sie meint, am liebsten hättest du die Adventszeit selbst im Schaufenster verbracht.«

»Und?« Sophia hielt das Board hoch. »Fahren wir eine Runde?«

»Okay.«

»Ich kenne einen gut geeigneten Weg am Teltowkanal, da sind wir ungestört.«

»Ich hab aber gar keinen Helm mit.«

»Alles dabei!« Sophia legte das Skateboard zurück in den Kofferraum und wies auf eine Sporttasche. »Wenn du meinen alten Kram anziehen magst?«

»Der passt mir doch bestimmt nicht.«

Während sie einstiegen und sich anschnallten, machte sich ein wenig Befangenheit zwischen ihnen breit. Vermutlich, weil sie eben das sensible Thema berührt hatten. Sophia konzentrierte sich auf den Straßenverkehr, bis sie schließlich ihren Wagen an der südwestlichen Stadtgrenze von Berlin parkte. Sie wandte sich Annabell zu. Jetzt war der Moment gekommen, die Dinge zwischen ihnen zu klären.

»Weißt du, was ich bis vor Kurzem über mich gedacht habe?«

Annabell sah sie aufmerksam an, dann schüttelte sie den Kopf. »Was denn?«

»Ich habe gedacht, dass ich dick bin.«

»So ein Unsinn! Aber jetzt denkst du das nicht mehr, oder?«

»Nein, jedenfalls versuche ich es, auch wenn es nicht einfach ist, denn ich habe das auch schon gedacht, als ich so alt war wie du. Da waren ein paar Mädchen, die haben mich ›Fresssack‹ genannt und ›Moppel‹. Das hat mir total wehgetan.«

»Das sagen manche auch zu mir.« Annabells Miene verdunkelte sich. »Emilia zum Beispiel.«

»Aber Kim macht das nicht, oder?«

Annabell schüttelte den Kopf. »Bashar, Tim und Mohammed auch nicht.«

»Und wem glaubst du?«

Annabell zuckte die Schultern. »Weiß nicht.«

»Das kenn ich.« Sophia nickte. »Ganz oft glaub ich nur den Leuten, die etwas Schlechtes über mich sagen. Und die, die Gutes sagen, die höre ich nicht. Oder ich vergesse ihre Worte gleich wieder, weil ich denke, sie stimmen nicht.«

»Wer sagt denn was Schlechtes über dich?«

»Meine Kollegen zum Beispiel.« Sophia schluckte, als ihr einmal mehr klar wurde, wie sehr sie sich manipulieren lassen hatte. »Neulich haben sie mich ausgelacht, als ich mir einen Teller Essen genommen habe. Ich hatte riesigen Hunger und habe ihn richtig vollgeladen, und als sie lachten, habe ich mich total geschämt. Und mich gefühlt wie als Kind, wenn die anderen mich ›Fettsack‹ genannt haben.«

»Das kenne ich«, erwiderte Annabell. »Und was hast du dann gemacht?«

»Was denkst du?«

»Du hast dein Essen nicht gegessen.«

»Genau. Und weißt du warum? Weil ich überzeugt war, sie hätten recht damit, dass ich dick bin und dass ich noch dicker werde, wenn ich etwas esse. Und ich habe Lukas keinen Glauben geschenkt, der sagt, dass er mich schön findet, so wie ich bin.«

»Du bist doch total schlank, Tante Sophia!«

»Und du bist wunderschön, kleine Annabell! Und klug und musikalisch und sportlich. Glaubst du mir das?«

Annabell zuckte die Schultern. Sie schien noch nicht überzeugt zu sein. »Neulich hast du was anderes gesagt.«

»Wenn jemand gemein zu dir ist, was denkst du dann?«, fragte Sophia, die genau spürte, dass sie Annabells Vertrauen noch nicht zurückgewonnen hatte.

»Dass er mich nicht leiden kann.«

»Ich habe neulich gelernt, dass oft etwas anderes dahintersteckt.«

»Und was soll das sein?«

»Die dich ärgern, die sind gar nicht so stark, wie sie vorgeben. Sondern die haben richtig viel Angst.«

»Das kann nicht sein.« Annabell schien enttäuscht und schüttelte den Kopf. »Emilia hat überhaupt keine Angst, nicht mal vor den Lehrern, und sie ist die Beliebteste in der ganzen Klasse.«

Wie die Geschichten sich doch glichen!

»Aber wer gut drauf ist und sich sicher fühlt, der ist nicht gemein. Der hat gar keinen Grund dafür.«

Annabell runzelte nachdenklich die Stirn, dann nickte sie. »Kim ist jedenfalls nie gemein zu mir.«

»Und deshalb solltest du ihr glauben!«, sagte Sophia. »Weißt du, ich habe sehr viel nachgedacht, seit ich so was Dummes über dich gesagt habe. Ich ... ich hatte nämlich auch Angst.«

»Wovor denn?«

»Oh, da gab es eine Menge. Dass die Kollegen mich nicht respektieren, dass ich nicht gut genug bin in meinem Beruf. Und ...« Sie schluckte. »Ich hatte große Angst, dass ich gar nicht mehr wirklich zu unserer Familie gehöre. Dass ihr alle mich nicht mehr haben wollt. Ihr habt mir kaum noch etwas von euch erzählt.«

»Aber du hast uns doch nie besucht! Oma hat oft gesagt, dass sie dich eingeladen hat, aber du nie Zeit für uns hast. Und du hast mir nicht mehr geschrieben, bist nicht mit mir auf den Spielplatz gegangen.«

Sophia nickte. »Ja, das stimmt! Ich will ehrlich mit dir sein, damit danach alles wieder in Ordnung zwischen uns ist. Okay?«

»Okay.«

»Ich hab mir eingeredet, dass ich ein komplett neues Leben anfangen möchte, mit einer großartigen Karriere, mit tollen Freunden, viel Geld. Und ich dachte …« Sollte sie wirklich die Wahrheit sagen? Ihren Irrtum zugeben? Jetzt, wo sie einsah, dass ihre gewollte Loslösung von der Familie ein riesiger Fehler gewesen war? »Ich habe eine Zeit lang wirklich gedacht, ihr passt in dieses neue Leben nicht rein.«

Annabell reagierte gelassener als erwartet. »Das hat Papa zu Mama gesagt, so ähnlich jedenfalls. Ich habe an der Küchentür gelauscht, als sie sich über dich unterhalten haben. ›Sophia will was Besseres sein.‹«

»Da hatte er schon recht. Heute ist mir bewusst, das war ein Riesenfehler. Und weißt du, warum das passieren konnte? Weil ich oft auf die falschen Leute gehört habe. Weil ich auch manchmal gedacht habe, dass der Wert eines Menschen von seinem Gewicht und anderen Äußerlichkeiten abhängt. Das war so dumm, ich könnte mich schütteln. Aber jetzt ist damit Schluss.«

»Ich höre auch damit auf.«

Endlich! Da war sie wieder, ihre Vertrautheit! Sophia atmete erleichtert auf. »Das ist gut. Du hast eine tolle Freundin, und was die sagt, zählt mehr als alles andere!«

Annabell nickte. »Ich hab noch nie gedacht, dass Emilia vielleicht Angst haben könnte. Sie hat einen großen Bruder, der ist oft total gemein zu ihr, der hat sie sogar mal gehauen. Und ich hab gehört, wie sie auf dem Klo deswegen geweint hat.«

Sophia spürte, dass es ihr gelungen war, ein Samenkorn in die Erde zu legen, das bereits zu keimen begann. Nun würde sie es gießen und pflegen. Sooft sie konnte.

Sie zwinkerte Annabell zu. »Was ist, fahren wir ein paar Bahnen und gehen danach auf den Weihnachtsmarkt?«

»Krieg ich einen kandierten Apfel?«

»Na klar, ich hole mir auch einen, die esse ich nämlich unglaublich gerne.«

• • •

Der Ausblick über die Stadt, wenn die Gondel des Riesenrads auf dem Alexanderplatz ihren höchsten Punkt erreichte, war atemberaubend. Die Dämmerung hatte bereits eingesetzt und überall begann die weihnachtliche Beleuchtung zu glitzern.

Annabell knabberte an ihrem kandierten Apfel. Ihre Lippen glänzten knallrot, auch auf ihren Wangen klebte etwas Zuckersaft. »Guck mal, ich hab Lippenstift drauf.«

Sophia fuhr sich mit dem glasierten Apfel über ihre Lippen. »Ich auch.«

Sie legte einen Arm um ihre Nichte, und die beiden genossen die Fahrt.

»Was machen wir als Nächstes?«, fragte Sophia, als sie schließlich ausstiegen.

»Ich möchte gerne noch Büchsen werfen.«

»Okay«, stimmte Sophia zu. »Und dann bringe ich dich besser nach Hause, sonst ist deine Mama noch sauer, weil du zu spät ins Bett kommst.«

»Bald sind Ferien.« Annabell reckte einen Arm in die Höhe. »Juhu! Ich freue mich so. Und dann kommt endlich der Weihnachtsmann.« Das Zwinkern ihrer Nichte zeigte Sophia, dass sie scherzte. Mit ihren neun Jahren glaubte Annabell natürlich nicht mehr an den Weihnachtsmann. Aber sie freute sich auf die Feiertage, und das konnte Sophia sehr gut nachvollziehen. Auch für sie war Weihnachten früher das schönste Fest von allen gewesen.

Das Gedränge auf dem Markt verstärkte sich mit einsetzender Dunkelheit. Sophia nahm Annabell sicherheitshalber an die Hand.

An einem Glühweinstand hatten sich die Gäste um Stehtische versammelt und genossen das heiße Getränk. Sophia musste an den Abend mit Oma, Mutter, Bille und Helga denken, der das Eis zwischen ihr und ihrer Familie gebrochen hatte.

»Hallo, Sophia!«

In Gedanken versunken und darauf konzentriert, Annabell nicht zu verlieren, hatte Sophia ihre ehemaligen Kollegen nicht bemerkt. Sonst hätte sie einen großen Bogen um den Glühweinstand gemacht. Mist! Sie spürte sofort, dass sie für diese Begegnung nicht gewappnet war. Zum Glück war wenigstens Schneemann nicht dabei.

»Hallo!« Sie blickte in acht Gesichter, darunter Mel und Andrea, Menschen, die vor wenigen Wochen noch der Mittelpunkt ihres Lebens gewesen waren und die sie jetzt musterten, als wäre sie eine Ausgestoßene. Was sie im Grunde auch war. Warum hatten sie Sophia und Annabell nicht einfach vorbeigehen lassen, sondern auf sich aufmerksam gemacht? »Feierabendrunde?«, fragte sie so lässig wie möglich.

»Wie geht's dir so?«, fragte Andrea zurück, die tatsächlich sichtbar abgenommen hatte. Ihre Augen glänzten. Wahrscheinlich aß sie so wenig, dass der Alkohol im Glühwein ihr sofort in den Kopf gestiegen war.

»Gut. Ich bin mit meiner Nichte hier.« Annabell hatte sich scheu hinter Sophia verkrochen.

»Hast ja jetzt eine Menge Zeit für solche Sachen.«

»Ihr seid doch auch hier!« Wie konnte sie möglichst rasch aus der Situation entkommen, ohne ihr Gesicht zu verlieren? Annabell zog sanft an ihrer Hand. »Ich muss weiter. Meine Nichte gehört langsam ins Bett.«

»Sophia ist jetzt nämlich Kindermädchen«, sagte Michael, und alle grinsten. »Und trägt Lippenstift aus Zuckerglasur.«

Er war schon immer einer, der gern den Finger in die

Wunde legte, dachte Sophia. Warum hatte sie ihn früher nur gemocht?

»Schade, du hättest mit uns noch einen Glühwein trinken können.« Mels Worte klangen aufrichtig, doch Sophia wusste inzwischen, dass sie ihr nicht trauen konnte. »Wir feiern gerade den Abschluss unserer Kampagne. Und in gewisser Weise warst du ja auch daran beteiligt.«

Aus Mels Mund klang das, als hätte Sophia Schreibarbeiten erledigt.

Es fühlte sich an, als würde ihr jemand in den Bauch boxen.

»Auf uns!«, rief Andrea und hob ihr Glas. »Das geilste und erfolgreichste Team ever!«

Wie auf Kommando wandten sie sich von Sophia ab, hoben die Gläser und stießen lachend miteinander an.

Hastig zog Sophia Annabell hinter sich her vom Glühweinstand weg. Am Auto angekommen, ließ sie sich auf den Fahrersitz plumpsen und holte tief Luft, um die aufkommende Übelkeit zu besiegen.

»Wer war das?«, fragte Annabell.

»Die Menschen, mit denen ich gearbeitet habe, bevor ich gefeuert wurde.«

Die Demütigung wegen ihres Jobverlustes fühlte sich mit einem Mal wieder so schlimm an wie am ersten Tag. Sie (!) hätte der strahlende Mittelpunkt der Runde sein sollen! Stattdessen zog sie mit einem Kind über den Weihnachtsmarkt, beschmierte sich die Lippen mit einem kandierten Apfel und fuhr Riesenrad.

»Die waren aber gar nicht nett.« Annabell schob ihre klebrige Hand in Sophias.

»Lass mal!« Sophia startete den Motor und fuhr so schnell es ging nach Schöneberg, um ihre Nichte zu Hause abzuliefern.

Annabell schwieg, als wüsste sie, dass jedes weitere Wort Sophia nur wütend machen würde.

»Ich komm nicht mit hoch«, sagte Sophia, als sie vor dem Haus hielten. »Nun lauf rasch!«

Sie wollte nur noch heim, sich im Bett verkriechen und alles um sich herum vergessen.

»Du hast gesagt, ich soll nicht auf die falschen Leute hören, Tante Sophia!«

»Ja, doch! Nun lauf schon!«

»Dann sollst du das aber auch nicht machen.« Die Neunjährige sprang aus dem Wagen, schloss die Beifahrertür, lief zum Haus und klingelte. Der Summer ertönte, und die Kleine drehte sich noch einmal um, bevor sie hineinschlüpfte.

Sophia lächelte und winkte ihr zu. Annabell hatte sich jedes Wort ihres Gespräches gemerkt. Sie war ein verdammt kluges kleines Mädchen! Doch Sophia selbst konnte daran nun nicht mehr glauben und versank mit jeder Minute mehr in Katzenjammer.

Zu Hause angekommen, schickte sie mehrere Whatsapp-Nachrichten an Lukas. Sie vermisste ihn mehr denn je und hätte gern ihr Elend vor ihm ausgebreitet. Aber in Indonesien war es bereits Nacht. Wahrscheinlich schlief ihr

Freund tief und fest. Sie musste allein zurechtkommen, ob sie nun wollte oder nicht.

Als es an der Tür klingelte, sah Sophia verwundert auf. Es war 21 Uhr. Wer sollte um diese Zeit noch etwas von ihr wollen? Der Hausmeister vielleicht? Eine Nachbarin, die ein Paket für sie angenommen hatte? Aber sie erwartete gar kein Paket.

Sophia spähte durch den Spion.

Draußen stand Laura. In einer Hand eine Flasche Rotwein, in der anderen eine Tüte. »Mach auf, Schwesterherz!«, rief sie. »Annabell hat mir erzählt, du möchtest Glühwein trinken.«

Sophia riss die Tür auf und fiel Laura um den Hals.

»Mutter hat mir eine Flasche von ihrem besten Rotwein mitgegeben«, erklärte ihre Schwester, »und Oma ihr selbst gemischtes Geheimgewürz. Du willst dich ja wohl nicht mit dem Fusel vom Weihnachtsmarkt begnügen!«

»Komm rein!« Sophia löste sich von Laura und ging voraus in die Wohnung. »Omas Geheimgewürz? Sollen wir das wirklich nehmen?«

Sie lachten.

»Und ob«, sagte Laura. »Oma meint, das wärmt die Seele und beim letzten Mal, als du davon getrunken hast, hat es dir sehr gutgetan.«

»Oh ja, das hat es«, bestätigte Sophia. »Ohne das Zaubergewürz und alles, was danach so passiert ist, würde ich heute wohl in meinem eigenen Elend ersaufen. Bin jetzt gerade schon wieder kurz davor.«

»Na, na, na.« Laura lächelte. »Nun übertreib mal nicht. Zeigst du mir eure Wohnung? Ist Lukas noch nicht zu Hause?«

»Der ist in Indonesien.«

»Wie bitte? Wo?«

»Auf Sumatra. Seine Eltern leben dort. Er brauchte ein bisschen Abstand.«

»Von dir?«, traf Laura ins Schwarze und schlug gleich darauf die Hand vor den Mund. »Himmel, was ist denn bloß los mit mir? Ich habe neuerdings so einen Zwang, alles auszusprechen, was mir durch den Kopf geht.«

Sophia grinste. »Du wirst noch richtig frech auf deine alten Tage, Schwesterchen! Und ganz ehrlich, das steht dir.«

»Bist du sicher?«

»Na klar! Und im Übrigen, was Lukas anbelangt, hast du gar nicht mal unrecht. Aber ich glaube, wir sind auf einem guten Weg.«

»Mama meinte, du arbeitest im Moment nicht?«

Sophia führte Laura in die Küche, wo sie den Wein und die Tüte abstellte. »Komm, ich zeig dir unser Reich, und dann erzähle ich dir alles.«

Wenig später duftete es in Sophias Wohnung wie neulich in der Küche ihrer Eltern. Eindeutig Glühwein mit Geheimgewürz. Sophia wurde sofort warm ums Herz, ohne davon gekostet zu haben. Sie holte zwei Gläser aus dem Küchenschrank und lud Laura ein, auf der Couch im Wohnzimmer Platz zu nehmen.

»Ich bin von meiner Arbeit freigestellt, weil ich was Blödes gemacht habe.« Ihre Augen begannen unwillkürlich zu schwimmen. Hatten sie und Laura etwa die Rollen getauscht und sie wurde zur Heulsuse? Sophia biss gewohnheitsmäßig die Zähne zusammen. Das half. Laura schwieg, nickte ihr nur aufmunternd zu. »Im Sommer habe ich meinen Chef beleidigt, das hat er mir durchgehen lassen, aber als ich dann jetzt wieder ...«

»Du hast ihn noch einmal beleidigt?«

»Nein, dieses Mal ... Gott, Laura, das kann ich gar nicht erzählen, das ist ... das war so dämlich von mir.«

»Du musst es nicht erzählen.« Laura hob ihr Glas und prostete Sophia zu. »Aber vielleicht würde es dir guttun.«

Sophia nahm einen Schluck von dem Wein. Das Aroma der geheimen Gewürze war umwerfend. Sie fühlte, wie das warme Getränk über ihren Gaumen und ihre Kehle hinab in ihren Magen gelangte, von wo aus seine Wirkung sich tröstlich und sanft in ihrem Körper ausbreitete. Oma war eine Zauberin.

»Ich habe mich von zwei Kolleginnen in einen blödsinnigen Wettstreit verwickeln lassen.« Die Worte drängten sich plötzlich ganz von allein aus ihr heraus. »Es ging um Gewichtsverlust. Und da ich wie immer die Gewinnerin sein wollte, hab ich mich ein bisschen umgesehen. Tipps und so. Ich habe eine Mail geschrieben und die ist, weil ich nicht aufgepasst habe, an den falschen Adressaten gelangt.«

»Um was ging es denn darin?«

Sophias Tränen ließen sich nicht länger zurückhalten,

doch gleichzeitig begann sie zu kichern. »Oh Gott, Laura, ich bin so ein dummes Huhn.«

Ihre Schwester lachte, weil Sophia lachte. »Jetzt erlöse mich doch! Ich platze vor Neugier.«

»Ich habe zuerst mal meine Kollegen beleidigt, gesagt, dass sie alle zu fett sind und wir drei als Einzige bei der Weihnachtsfeier gut aussehen werden. Und dann habe ich …« Sophia prustete. »Oh mein Gott!«

»Ich halt's nicht mehr aus!« Laura stellte ihr Glas auf dem Tisch ab, um den Glühwein nicht zu verschütten. Schon als Kinder hatten sie beide manchmal ohne ersichtlichen Grund gewaltige Lachanfälle bekommen und am Ende nach Luft japsend auf dem Fußboden gelegen.

»Ich, die Frau, die eine Gesundheitskampagne für eine der größten Krankenkassen Deutschlands verantwortet hat, habe meinen Kolleginnen den wohl krankhaftesten Tipp der Welt empfohlen. Und so getan, als würde ich ihn selbst befolgen und diese Art von Diät auch noch gut finden.«

Laura wischte sich eine Lachträne aus den Augen. »Mann, das ist doch gar nicht lustig.«

»Das liegt an Omas komischen Gewürzen«, gackerte Sophia. »Das ist wirklich ganz und gar nicht witzig.«

»Los, jetzt her mit dem üblen Tipp!«

»Den willst du nicht wissen.«

»Du willst die Pointe für dich behalten? Das geht nicht. Das ist ausgeschlossen.«

»Watte.«

»Wie, Watte?«

»Weißt du nicht, was Watte ist, Frau Drogeriemarkt-Filialleiterin?«

»Ach, du meinst Watte?« Der nächste Lachanfall schüttelte sie.

»Watte mit Saft.«

»Watte mit … wie jetzt?«

»Du tauchst einen Wattebausch in Saft und dann schluckst du ihn. Gern auch zwei. Hat kaum Kalorien und hält lange satt. Hab ich in einem Modelforum gefunden.«

»Das ist ekelhaft.«

»Und richtig gefährlich.« Sophia durchlief ein Schauer.

»Und das hast du …?«

»Das hat mein Auftraggeber gelesen und meinem Chef mitgeteilt, der sowieso noch angefressen war. Das war's dann. Sofortige Freistellung. Ende.«

»Mensch, Sophia!« Laura lachte plötzlich nicht mehr. »Das tut mir leid.«

Sophia schüttelte den Kopf. »Muss es nicht. Es ist doch meine eigene Schuld.«

»Aber du … deine Arbeit … das war doch dein Ein und Alles.«

»Genau das war auch mein Fehler.«

»Hm?«

»Ich habe seit meiner Entlassung Tag und Nacht, rund um die Uhr nachgedacht, und ja, ich arbeite gern und ich will so schnell wie möglich wieder einen Job finden, aber ich glaube, ich habe den Dämpfer gebraucht, damit mir wieder der Kopf zurechtgerückt wird.«

»Ich glaube, ich weiß, was du meinst«, sagte Laura vorsichtig.

»Ich habe meiner Arbeit den Vorrang vor allem gegeben. Vor meiner Freizeit, vor euch, ja sogar vor Lukas und meiner Gesundheit. Das wäre auf Dauer sowieso nicht gut gegangen.«

»Ich bin richtig erleichtert, dass du das so siehst.«

»Na ja, diese Erkenntnis hat eine Weile gebraucht, und am Anfang hab ich mächtig gehadert mit meinem Schicksal.« Sophia seufzte auf. »Manchmal schieb ich auch ganz schön Panik deswegen, und als ich heute meine ehemaligen Kollegen getroffen habe, das war richtig finster, aber das wird schon. Ich krieg das in den Griff.«

Laura nickte. »Ich bin froh, dass du wieder da bist, weißt du das? Unter uns Normalsterblichen und so. Du verstehst, was ich meine?«

Sophia zwinkerte ihr zu. »Und ich bin froh, dass du hier bist. Stehst einfach so mit Wein und Zaubergewürz vor meiner Tür wie eine gute Fee.«

Sie umarmten sich, und Laura begann erneut zu lachen. »Watte mit Saft«, japste sie. »Du hast echt einen Knall.«

Kapitel 14

- *Skateboard gefahren*
- *mit Annabell geredet*
- *einen kandierten Apfel gegessen (den ersten seit ewigen Jahren), der war lecker!*
- *mit Laura Spaß gehabt*
- *Bauchschmerzen vom Lachen*
- *ehrlich gewesen*

Sophia dehnte und streckte sich ausführlich, holte sich einen Kaffee aus der Küche, stieg noch einmal ins Bett und las ihre Notizen vom Abend zuvor durch. Gegen 23 Uhr war ihre Schwester mit einem Taxi nach Hause gefahren. Sie hätten gern noch länger zusammengesessen und geredet, aber Laura musste heute um 9 Uhr auf der Arbeit erscheinen, und Sophia, die natürlich wie immer in letzter Zeit ausschlafen konnte, wollte sie nicht aufhalten.

Stattdessen hatte sie Lauras Tipp beherzigt.

»Ich hab da was ganz Spannendes in meiner Weiterbildung gelernt«, hatte ihre Schwester zum Abschied erklärt.

»Um sich selbst positiv zu programmieren, musst du dir am Ende jedes Tages aufschreiben, was gut gelaufen ist. Wie ein Tagebuch der guten Momente.«

»Was bringt das?«

»Ganz einfach. Oft fühlt man sich gestresst, wenn was nicht gut läuft. Du ärgerst dich über Kollegen, bist unzufrieden, weil du nicht so viel geschafft hast, wie du dir vorgenommen hattest ...«

»Wie wahr!«

»Und dabei vergisst du oder blendest aus, was du Gutes erlebt hast. Glaub mir, da gibt es immer was. Jeden Tag! Du musst es dir nur bewusst machen.«

Sophia war nicht gleich überzeugt gewesen, trotzdem hatte sie sich nach Lauras Abfahrt Zettel und Stift genommen und sich an die Arbeit gemacht. Unwillkürlich waren ihre Gedanken zuerst zu der Begegnung mit den Kollegen gewandert. Beinahe hätte sie die Schreibutensilien in die Ecke gepfeffert, zu sehr fühlte sie sich gedemütigt, doch dann riss sie sich zusammen. Hatte sie nicht selbst zu Annabell gesagt, sie solle nicht länger auf die falschen Botschaften hören? Nun musste sie wohl mit gutem Beispiel vorangehen.

Bereits als sie den ersten Punkt aufschrieb, spürte sie die heilsame Macht ihres Tuns. Sie hatte das Skateboardfahren nicht verlernt. Es fühlte sich genauso gut, genauso nach Freiheit und Selbstbestimmung an wie in ihrer Kindheit. Annabell hatte geklatscht, als sie den Ollie sauber hinbekommen hatte, und Passanten hatten ihr bewundernde Blicke zugeworfen.

Punkt 1 auf der Liste.

Die nächsten Punkte flogen ihr beinahe zu.

Wie sie und Annabell im Riesenrad dahingeschwebt waren und sich die Lippen mit knallrotem Zuckersaft geschminkt hatten. Die strahlenden Augen ihrer Nichte, die Bauchschmerzen beim Lachen mit Laura ... Es war ein guter Tag gewesen.

Und die Begegnung mit ihren ehemaligen Kollegen? Selbst die hatte im Grunde ihr Gutes gehabt. Morgen würde die Weihnachtsfeier im Nachbarschaftshaus stattfinden. Da würde Sophia zeigen können, was sie draufhatte. Schneemann hatte sie gefeuert, aber sie würde sich trotzdem nicht ihren Schneid abkaufen lassen.

• • •

»Du liebes bisschen!« Sophia blieb erschrocken vor dem Gelände des Nachbarschaftshauses stehen. Hatte sich heute am vierten Advent der ganze Stadtteil hier eingefunden? Menschen über Menschen drängten sich im Garten und im Haus, in dem die Mitarbeiter und Freiwilligen zwei Tage lang weihnachtlich geschmückte Stände aufgebaut hatten. Da Sophia dank Isabella in die Planungen mit einbezogen worden war, kannte sie die Angebote des diesjährigen Weihnachtsbasars. Es gab einen Stand mit selbst gekochter Marmelade und liebevoll verzierten Plätzchen zum Verkauf, zwei ältere Damen boten Handarbeiten an, ein Buchhändler hatte sein Sortiment ausgebreitet, und im Haus fand jede Stunde eine Märchenlesung statt, für die sich eine Schauspielstudentin honorarfrei zur Verfügung gestellt hatte. Wer Lust hatte, konnte Strohsterne basteln, Serviettentechnik lernen oder Kerzen ziehen. Natürlich durfte auch ein Grill nicht fehlen, auf dem Würstchen und Halloumi brutzelten. Mutter, ihre Freundinnen und die Helferinnen von der Teestube hatten mit Lebensmittelspenden verschiedene Suppen gekocht und belegte Brote zubereitet. Man konnte aus wenig eine Menge machen, wie Sophia einmal mehr beeindruckt feststellte.

Die vielfältigen Angebote wurden mit Begeisterung aufgenommen. Um die Stände hatten sich Menschentrauben gebildet. Sophia blickte in bekannte und unbekannte Gesichter, grüßte hierhin, nickte nach dort und wurde von Isabella mit einer innigen Umarmung begrüßt.

»Es sind Massen«, jubelte Isabella. »Das wird ganz groß, was du dir überlegt hast. Deine Powerpoint-Präsentation, dein Spendenaufruf. Bald geht's los!«

»Puh!« Sophia merkte, dass sie Herzklopfen bekam. Ihre Hand schloss sich fest um die Laptoptasche, die sie mitgebracht hatte. In ihrem Mac war alles gespeichert, was sie in den letzten Tagen erarbeitet hatte. Natürlich war ihr für eine bis ins letzte ausgefeilte Strategie keine Zeit geblieben. Bestimmte Werbemittel waren aus Geldmangel von vornherein weggefallen, geschweige denn dass sie jetzt oder in Zukunft die Möglichkeiten einer Mediastrategie hätte ausschöpfen können. Das konnten sich Träger von Sozialprojekten nicht leisten, die jeden Cent, den sie für Öffentlichkeitsarbeit besaßen, drei Mal umdrehen mussten. »Ich hoffe, es funktioniert.«

Punkt 15 Uhr würde es im Saal des Nachbarschaftshauses ein kleines weihnachtliches Konzert geben, zu dem Annabell mit ihrer Musiklehrerin und weiteren Kindern einige Stücke eingeübt hatte. Wo Mutter und die anderen Helfer sonntags die Tische für das Essen aufbauten, würden heute Stuhlreihen stehen, eine Bühne für die Musiker, ein Mikrofon und für Sophia ein Beamer sowie eine Leinwand. Hilfsmittel, um ihren mit Fakten zur Sozialstruktur im Bezirk unterlegten Spendenaufruf vorzustellen.

Sophia bemerkte, wie angespannt sie war – ein Kribbeln im Bauch wie vor einer großen Präsentation. Leichte Nervosität. Der dringende Wunsch, mit ihren Ideen erfolgreich zu sein. Hier ging es um was. Um Menschen, die eine warme Mahlzeit brauchten. Um Kinder, die sich für ihren Sport einen Trainer wünschten. Um gesicherte Freizeitangebote für Familien, die wenig Geld besaßen .... Ob ihre Ideen dem Nachbarschaftshaus wirklich helfen würden? Sie hoffte es so sehr!

»Sophiechen! Huhu!« Mutter winkte von ihrem Lebensmittelstand herüber, während sie mit gleichbleibender Freundlichkeit den Ansturm der Kunden bewältigte, wie immer ihre unermüdlichen Freundinnen Bille und Helga an ihrer Seite. Was für ein großartiges Trio! Früher hatte Sophia die drei manchmal belächelt, heute wünschte sie sich ebensolche Freundinnen – aufmerksam, ehrlich, treu. Sie und Isabella hatten viel Zeit miteinander verbracht in den letzten Tagen. Und es war, während sie zusammensaßen, nicht bei nüchternen Gesprächen über das Nachbarschaftshaus geblieben. Sie hatten sich so viel zu erzählen gehabt. Zwischen ihnen war Nähe entstanden. Aber eine Freundschaft? Sophia war sich nicht sicher, ob das funktionieren könnte. Mal sehen ... Sie winkte zurück und schob sich durch die Menschenmenge, um zu schauen, wo Hilfe benötigt wurde. »Verzeihung!« Im Gedränge war sie jemandem auf den Fuß getreten. »Ich wollte nicht ...«

»Guten Tag, Frau Sommer!«

Sophia hatte das Gefühl, ihr würde das Blut aus dem Gehirn mit einem Schlag in die Füße stürzen. »Herr Schneemann, ich ... Sie ...« Ihren ehemaligen Chef auf dem Weihnachtsbasar zu treffen, war das Letzte, womit Sophia gerechnet hätte.

»Wir wohnen gleich um die Ecke, der Besuch des Weihnachtsbasars ist Tradition für meine Frau und mich«, erklärte Schneemann, als könne er Sophias Gedanken lesen.

Sophia schaffte es, Frau Schneemann anzulächeln und ihr die Hand zu reichen. Die Frau ihres ehemaligen Chefs gab sich keine Mühe, Sophias Freundlichkeit zu erwidern. Warum auch? Ihr Mann hatte ihr mit Sicherheit alles über Sophia erzählt. Wie sie ihn verspottet hatte, wie sie sein Vertrauen missbraucht und ihn damit vor Meller, einem der wichtigsten Auftraggeber der Agentur, unmöglich gemacht hatte. Sie schämte sich.

»Wir werden uns dann mal weiter umsehen«, sagte Schneemann. Natürlich verspürte er keine Lust auf eine Unterhaltung, und Sophia würde sowieso jedes Wort im Hals stecken bleiben. »In ein paar Minuten fängt schon das Konzert an.«

»Viel Freude!«, brachte sie mit letzter Kraft hervor.

Oh Gott! Nein! Bitte nicht!

Schneemann würde beim Konzert zuhören! Also würde er auch mitbekommen, was sie im Anschluss daran geplant hatte! Er würde ... ja, was würde er? Aufstehen und laut herausschreien: »Glauben Sie dieser Frau nicht! Sie ist eine Heuchlerin und Lügnerin, und deshalb habe ich ihr die Kündigung ausgesprochen!« Alle würden mit dem Finger auf sie zeigen und sie auslachen. Das Nachbarschaftshaus wäre blamiert bis in alle Ewigkeit. War es nicht genauso gut möglich, dass ihre Kollegen ebenfalls hier auftauchten? »Steile Karriere, Sophia!«, konnte sie förmlich den Spott ihres Kollegen Michael hören.

»Isabella?« Von Panik überwältigt, sah sie sich nach ihrer alten Klassenkameradin um. Sie würde ihr sagen, dass ihr ehemaliger Chef hier war, und ihr gestehen, dass sie die Aktion unter diesen Umständen nicht durchführen konnte, um dem Nachbarschaftshaus nicht mehr zu schaden als zu nutzen.

›Bleib ruhig! Warum sollte Schneemann etwas dagegen haben, dass ich dem Nachbarschaftshaus helfe?‹, versuchte sie sich einzureden. Womöglich gefiel ihm sogar, dass sie sich sozial engagierte. Doch die Panik überwog. Zu sehr nagten seine letzten Sätze, als er sie hinausgeworfen hatte, an ihrem Selbstbewusstsein, allen voran seine Zweifel an ihrer menschlichen Qualifikation.

Sie fand Isabella an einem der Bastelstände. »Du, hör mal!«

»Was ist denn? Brauchst du Hilfe?«

»Nein, ich ... ich kann das nicht machen.«

»Was kannst du nicht machen?« Isabella blieb ruhig und entspannt.

»Das, was wir geplant haben. Es ... es geht nicht. Ich ...« Sophia wusste nicht weiter und hob hilflos die Hände. »Ich kann es einfach nicht.«

Isabella legte einen Arm um ihre Schultern. »Nervös?«

»Nein ... ja ... Es ist ... Ich kann das nicht erklären!«

»Musst du auch nicht. Ich vertraue dir.«

»Du vertraust mir?«

»Ich vertraue darauf, dass du, nachdem der letzte Ton vom Konzert verklungen ist, auf die Bühne gehen und die richtige Entscheidung treffen wirst.«

Was hatte die Frau nur für ein bewundernswertes Nervenkostüm!

»Tante Sophia!« Annabell zupfte an Sophias Ärmel. »Wir sind gleich dran.« Die Augen ihrer Nichte strahlten.

Würde Sophia sie nun schon wieder enttäuschen?

»Ja, meine Süße!«, sagte sie fahrig, drehte sich um und verließ den Adventsmarkt, so schnell sie konnte. Sie würde nach Hause fahren, um so viele Kilometer wie möglich zwischen sich und das Nachbarschaftshaus zu bringen.

War das nicht die rettende Idee? Viele Kilometer! Warum nur zehn? Warum nicht gleich 10.000? Warum war sie nie darauf gekommen, Lukas zu fragen, ob sie ihm hinterherreisen könnte? Dabei war es so naheliegend. Käme sie Anfang Januar zurück, wäre Gras über die Sache gewachsen. Sie müsste sich nicht länger fragen, wie sie die Weihnachtstage verbringen würde! Sie müsste Silvester um Mitternacht nicht mit sich selbst anstoßen! Sie könnte endlich wieder in Lukas' Armen einschlafen. Und aufwachen.

Und überhaupt: Wer sollte ihr etwas anhaben können? Sie hatte ihre Arbeitskraft unentgeltlich zur Verfügung gestellt. Es gab also keinerlei Verpflichtungen!

Sophia hätte vor Erleichterung beinahe laut aufgelacht. Sie erreichte ihr Auto und stellte gerade die Laptoptasche auf den Beifahrersitz, als sie jemand von hinten antippte. Sie drehte sich um und sah in glänzende Kinderaugen. »Sophia! Komm schnell, wir müssen uns beeilen!« Kim und Bashar, beide hatten ihre unvermeidlichen Boards unter den Arm geklemmt, strahlten sie an.

»Du bist ja genauso wie ich!«, lachte Kim. »Kommst erst auf die letzte Minute. Meine Mama sagt immer, das macht sie wahnsinnig.«

»Gleich fängt das Konzert mit Annabell an!«, sagte Bashar.

»Ich …« Ich komme nicht, ich gehe. Man könnte auch »davonlaufen«, »kneifen« oder »abhauen« dazu sagen. Das Gefühl, das Richtige zu tun, verschwand beim Anblick ihrer kleinen Freunde so schnell, wie es gekommen war. »Lauft schon mal vor! Ich ... ich bin gleich hinter euch!«

»Wir warten gerne auf dich«, sagte Kim und zeigte auf Sophias Tasche. »Soll ich dir beim Tragen helfen?«

Die beiden missdeuteten die Situation. Woher sollten sie auch wissen, dass sie vorhatte, abzuhauen und nie wieder hier aufzukreuzen? Die Arglosigkeit und das Vertrauen der Kinder beschämten Sophia. Sie musste weg. Sofort.

»Ihr geht vor, ich muss noch ... rasch was ... was besorgen.« Sophias Stimme hatte energisch geklungen, die beiden nickten und gehorchten. »Wir halten dir einen Sitzplatz frei, okay?«, schlug Bashar vor. Danach sausten sie los.

»Bis gleich!« Kim drehte sich noch einmal um und winkte.

Sophia sprang in ihr Auto und ließ den Motor an. Weg, nur weg! Sie würde sich und ihre Arbeit nicht noch einmal von Schneemann niedermachen lassen.

Im Radio dudelten Weihnachtssongs, die zusammen mit dem zähen Berliner Stadtverkehr eine beruhigende Wirkung auf Sophia ausübten. Ihr Herzschlag verlangsamte sich, während sie fuhr.

»Die brauchen mich nicht«, redete sie sich leise ein. »Im Gegenteil. Es ist besser, dass ich gegangen bin. Ehe ich dem Nachbarschaftshaus Schaden zufüge.«

Die muntere Stimme des Radiomoderators lenkte sie ab: »So, Leute! Aufgepasst! Wir verlosen zwei Freikarten für das Konzert von Berlins Lieblingsweihnachtskomponist Ephraim Sasse am heutigen Abend im Berliner Dom! Die

Vorstellung ist seit Wochen ausverkauft, also haben wir hier ein echtes Bonbon für euch. Schnappt euch die letzten Tickets unter der Hotline ...«

Sie würde heute Abend ihre Reise zu Lukas planen. Seine Abwesenheit schmerzte sie. Das Gefühl, ihn zu vermissen, wurde mit jedem Tag stärker. Zu Hause würde sie gleich nach Flugverbindungen gucken. Natürlich nicht, ohne ihn vorher einzuweihen. Ein Überraschungsbesuch war unter anderem deshalb ausgeschlossen, weil Sophia gar nicht wusste, in welchem Teil Sumatras sich Lukas' Familie überhaupt aufhielt.

Sie summte »White Christmas« mit, das wohl bekannteste Weihnachtslied der Welt. Im Anschluss daran verkündete der Moderator den Namen der glücklichen Gewinnerin der zwei Konzerttickets und plauderte noch ein wenig aus dem Nähkästchen. Ephraim Sasse, der sich im letzten Jahr in einer Schaffenskrise befunden und seinen Ruf als Berlins Weihnachtskomponist durch unbedachte Äußerungen beschädigt hatte, befand sich wieder auf der Sonnenseite des Lebens. Nicht nur, dass sein neues Werk von den Kritikern schon vor Erscheinen in den Himmel gelobt wurde, nein, der Millionär und »ewige Single« würde im Januar seine Lebensgefährtin Agnes Werner heiraten. Die beiden würden bei jedem öffentlichen Anlass um die Wette strahlen und sähen sichtbar verliebt aus. »Es ist kein Geheimnis, dass das glückliche Paar sich bei Sasse zu Hause kennengelernt hat, nämlich während Agnes vertretungsweise seinen Haushalt führte. Das ist doch mal eine Geschichte, die zu Herzen geht, nicht wahr? Ich sag nur, Leute, hier in Berlin ist alles möglich. Und außerdem ist es Zeit für Wunder: Es ist schließlich mitten im Advent.«

Sophia trat die Bremse. Der Autofahrer hinter ihr hupte entrüstet.

Was zum Donnerwetter tat sie eigentlich?

• • •

»Wo bist du gewesen?« Mit Isabellas Ruhe war es sichtlich vorbei, als Sophia in den großen Saal des Nachbarschaftshauses stürmte. »Die ersten Besucher verlassen schon ihre Plätze. Wo ist dein Laptop? Wir müssen den noch anschließen.«

Sophia japste nach Luft. Sie hatte keinen Parkplatz in der Nähe gefunden und die letzten Meter im Sprint zurückgelegt. »Den brauch ich nicht.«

»Wie bitte? Deine Präsentation?« Isabella fuhr sich mit den Händen durch ihre ohnehin schon wilden, roten Locken. »Alles, was wir uns überlegt haben, brauchst du nicht mehr?«

»Brauch ich nicht.« Sophia legte eine Hand auf Isabellas Arm. »Du hast doch gesagt, du vertraust mir.«

»Tu ich ja auch«, erwiderte sie tapfer. »Aber da hatte ich noch keine Ahnung, dass das so nervenzerreißend werden wird.« Die beiden umarmten sich.

Das Stühlerücken wurde immer lauter.

Sophia eilte nach vorn auf die Bühne, wo gerade, als

sie angehastet gekommen war, die letzten Töne des Konzerts verklungen waren und die kleinen Musiker nun emsig ihre Notenständer zur Seite räumten, um Platz für Sophia zu machen.

Sie griff sich das Mikrofon. Hoffentlich war es noch nicht ausgeschaltet worden. »Es ist mitten im Advent.« Ihre Stimme, die durch den Raum hallte, kam ihr fremd vor. Was tat sie bloß? Ohne Laptop, ohne Präsentationsunterlagen? Ohne Netz und doppelten Boden?

Doch ein erneuter Rückzug kam nicht infrage. Sie würde sich der Situation mit allen Konsequenzen stellen. Zum Glück hatte sie schon mal verhindern können, dass noch mehr Besucher gingen. Einige setzten sich sogar wieder und sahen sie neugierig an. Aller Augen waren auf sie gerichtet. Sie vermisste ihre gewohnte Technik, die würde ihr Sicherheit geben, stattdessen hielt sie sich an einem altmodischen Mikrofon fest. Und schwieg.

»Tante Sophia!«, hörte sie ein Flüstern. Annabell am Bühnenrand strahlte sie an und zeigte ihre fest gedrückten Daumen. Offensichtlich hatte sie von der zwischenzeitlichen Flucht ihrer Tante nichts mitbekommen.

»Ja doch! Dit ham wa och schon jemerkt!«, rief ein Scherzvogel, Gelächter wurde laut. »Und nu?«

Isabella stand im Türrahmen und richtete die Augen zum Himmel. Es sah aus, als würde sie beten.

»Es ist mitten im Advent«, wiederholte Sophia. Dann räusperte sie sich. Einige Besucher kicherten, andere schüttelten missbilligend den Kopf und erhoben sich.

»Das … das hat eine sehr kluge Frau einmal zu mir gesagt, als … als ich sie fragte, warum sie fast jeden Tag hierherkommt und ihre Freizeit damit verbringt, für andere Menschen Brote zu schmieren und Tee zu kochen. Und warum sie das tut, ohne Geld dafür zu nehmen. Wo doch die Stadt voll ist mit bunten Weihnachtsmärkten und Shoppingmalls, wie das heute neudeutsch heißt. Früher sagte man ›Einkaufszentrum‹ dazu. Aber das wissen Sie ja bestimmt.« Die Stehenden setzten sich wieder. »Wissen Sie, dass in diesem Jahr Lila die weihnachtliche Trendfarbe ist? Oder haben Sie sich einfach nur gewundert, warum der Adventsschmuck in der Stadt ein wenig unterkühlt daherkommt? In Wirklichkeit bevorzugen die meisten Menschen zum Fest die Farben Rot und Gold. Altmodisch, würde ein Werbefachmann jetzt sagen. Aber was meinen Sie: Müssen wir Weihnachten und wie wir es feiern wirklich jedes Jahr neu erfinden? Die kluge Frau, von der ich eingangs sprach, die würde sagen, dass Trendfarben ihr ziemlich egal sind. Schließlich hängt sie seit 30 Jahren denselben Schmuck an ihren Weihnachtsbaum. Die Kugeln hat ihr Mann ihr zum ersten gemeinsamen Fest geschenkt, und das bunt bemalte, hölzerne Pferd, das nicht fehlen darf, haben sie von einer Reise nach Moskau mitgebracht. Die alten Sachen einmal im Jahr aus den Kartons zu holen, ist für sie ein großes Vergnügen. Es ist, als würde sie einem guten Freund nach langer Zeit wiederbegegnen. Es erinnert sie an all das Gute, die Wärme und Geborgenheit in ihrem Leben, und genau das ist für sie das Allerschönste am Fest. Die kluge Frau braucht also keinen Weihnachtstrend, den sich findige Werbestrategen am Schreibtisch ausgedacht haben, denn sie hat ihre eigenen Vorstellungen von einem gelungenen Weihnachtsfest. Und die muss sie nicht jedes Jahr neu erfinden, die gelten für immer.«

Einige Leute klatschten, von draußen steckten weitere Besucher die Nase durch die Tür. Sophia wusste, sie hatte ihre Zuhörer gefesselt, aber viel Zeit blieb ihr nicht mehr, bis deren Aufmerksamkeit nachlassen würde. In ihrem Nacken bildeten sich Schweißperlen. Sie musste auf den Punkt kommen.

»Es ist mitten im Advent, Zeit der Wünsche, Zeit der Träume, Zeit der Geschenke. Und wir alle wissen doch, was zu Weihnachten wirklich zählt. Geschenke, ja! Natürlich auch. Aber vielleicht stimmen Sie mir zu, wenn ich sage, sie müssen nicht teuer sein, um wertvoll zu sein. Sie müssen nicht groß sein, um viel zu bewirken. Sie müssen nicht trendy sein, um Freude in unsere Herzen zu zaubern. Und sie müssen vor allem nicht aus etwas Materiellem bestehen, um uns glücklich zu machen. Jeder von uns kann so ein Geschenk machen. Er kann es hier im Nachbarschaftshaus machen. Jetzt. Allen. So wie die kluge Frau, die manchmal ihre Zeit verschenkt; einer unserer Helfer, der Transporte übernimmt. Oder die Schauspielstudentin, die heute für die Kinder Märchen liest. Was möchten Sie heute verschenken? Ich würde mich freuen, es von Ihnen zu hören.«

200 Augenpaare oder mehr ruhten auf Sophia, die das Mikrofon einladend in Richtung Publikum hielt. Ihre Hand

zitterte. Ihr Herzschlag dröhnte. Der Saal blieb still, ein paar Leute husteten, bis erneut das Stühlerücken begann.

Sie hatte versagt.

Zuerst nahm Sophia das Geräusch nicht bewusst wahr, doch dann bemerkte sie Kim und Bashar, die mit ihren Boards durch den Saal rollten. Einer rechts, einer links. Direkt auf sie zu.

Was hatten die Kinder vor?

Annabell, die noch immer am Bühnenrand stand, ging auf Sophia zu und nahm ihr das Mikrofon ab. Kim, die ihr Basecap lässig in den Nacken geschoben hatte, folgte ihr. »Das sind Kim und Bashar, und ich bin Annabell. Wir fahren Skateboard in unserer Freizeit und wir sind ziemlich gut. Also noch nicht perfekt, weil wir jemanden brauchen, der uns trainiert, aber immerhin sind wir ziemlich schnell. Und bei den Erwachsenen muss es ja immer schnell gehen. Deshalb könnt ihr uns rufen, wenn ihr mal Hilfe braucht. Ein Brief, der noch zur Post muss, aber ihr könnt gerade nicht vom Schreibtisch weg.«

Bashar nahm das Mikrofon. »Oder ihr habt beim Einkauf was vergessen. Das holen wir euch.« Er reichte es an Kim weiter.

»Oder wir gehen mit eurem Hund Gassi. Und das natürlich nicht nur im Advent.«

»Prima!«, rief jemand aus dem Publikum. Es gab zaghaften Applaus.

In der ersten Reihe erhob sich eine ältere Dame. Es dauerte einen Moment, bis sie auf die Bühne gekommen war.

Annabell reichte ihr das Mikrofon. »Ich überlege schon lange, mir Hilfe zu suchen. Mein Hund Jackie, der möchte spielen und toben, aber ich traue mich nicht, ihn von der Leine zu lassen. Was, wenn er mir davonläuft? Also, ich nehme eure Hilfe gern an. Und ich selbst kann selbst etwas anbieten. Ich war mein ganzes Berufsleben lang Schneiderin, wenn euch also eine Hose kaputtgeht, repariere ich euch die. Und ich kann auch einmal in der Woche herkommen, wenn die Teestube stattfindet, und für die Leute, die nicht viel mehr besitzen als das, was sie am Leibe tragen, ein paar Ausbesserungen machen. Es muss mir nur jemand meine Nähmaschine herbringen.«

»Das mache ich«, rief ein junger Mann von ganz hinten. »Ich habe einen kleinen Lieferwagen, kann also auch mal einen Transport anbieten.«

»Dann fährst du vorher bei mir vorbei!« Die Stimme kannte Sophia. Sie sah ihren Vater aufstehen. »Ich habe einen Laden und kann tagsüber schlecht weg, aber ich werde ab sofort einmal in der Woche für die Teestube eine Kiste frisches Obst direkt vom Großmarkt spenden.« Sophia warf ihm einen dankbaren Blick zu.

Mit einem Mal wurde es im Saal unruhig. Immer mehr der Anwesenden erhoben sich, aber nicht, um den Raum zu verlassen, sondern um sich an der Bühne anzustellen und ihr Angebot durch das Mikrofon bekannt zu geben.

Isabella, deren Wangen vor Aufregung glühten, trat neben Sophia und sagte über das Mikrofon: »Ich danke Ihnen allen sehr, und ich bin begeistert. Das ist Nachbarschaft im besten Sinne. Deshalb bitte ich alle, denen unsere Idee gefällt, sich jetzt gleich zu registrieren, damit wir die Angebote koordinieren können. Dabei fällt mir ein, wir bräuchten zuallererst jemanden, der das in die Hände nimmt.« Sie lachte.

»Das mache ich«, sagte Sophia.

»Ich danke dir! Also alle, die mitmachen, wenden sich an unsere soeben ernannte Koordinatorin für Nachbarschaftshilfe, Sophia Sommer!«

Jetzt applaudierten viele der Anwesenden. Sophia wusste nicht, wie ihr geschah, als ein paar der Besucher die Initiative ergriffen und einen Tisch, einen Stuhl, Papier und Stifte auf die Bühne brachten. Sie nahm Platz und begann aufzuschreiben.

• • •

»Hoch die Tassen!«

Der Weihnachtsmarkt im Nachbarschaftshaus war zu Ende gegangen. Die unermüdlichen Helfer hatten sich nach dem Aufräumen und Abwaschen zusammengefunden, um den Tag mit einem Glas Glühwein zu feiern. Die Stimmung war großartig. Was für ein gelungenes Fest!

Sophia schmerzte die rechte Hand. »Ich habe rund 150 Angebote aufgeschrieben. Darunter auch einige größere Spenden. Ein Schreibwarenladen bringt uns zwei Kartons Bastelmaterial, zwei Bäckereien versorgen die Teestube ab sofort regelmäßig mit Brot und Kuchen, und der Inhaber eines Küchenstudios schenkt uns einen Gastroherd mit sechs Kochplatten und einem Backofen, das heißt, wir können künftig hier kochen und müssen nicht mit den Töpfen durch die Gegend fahren. Eine pensionierte Köchin, die beim Sonntagsessen mithelfen möchte, hat sich auch gemeldet.«

»Halleluja«, rief Bille und hob ihr Glas. »Das haben wir alles dir zu verdanken, Sophia!« Alle stimmten lauthals zu.

»Um Gottes willen«, wehrte Sophia ab. »Das habt ihr euch selbst zu verdanken, denn ohne das, was ich hier gesehen und erlebt habe, wäre ich nie ... niemals auf die Idee gekommen, mich mit dem Mikro in der Hand vor die Leute zu stellen.«

»Bist halt ein Profi«, sagte Isabella anerkennend.

Die beiden lächelten sich einen Moment lang verschwörerisch zu, denn nur sie wussten, dass Sophia ihr sorgsam ausgearbeitetes Konzept gegen eine Herzblutrede aus dem Stegreif eingetauscht hatte. Warum? Das hatte Sophia, als sie auf die Bremse trat, um auf dem schnellsten Weg zurückzufahren, selbst nicht so genau gewusst.

Vielleicht wäre Schneemann nach ihrer geplanten Präsentation sogar zu ihr gekommen und hätte ihr gesagt, dass er sich in ihr getäuscht hatte. Dass es ihm imponierte, wie sie ihr Know-how in den Dienst einer sozialen Einrichtung stellte.

Doch das war ihr egal gewesen. Denn als sie sich entschlossen hatte, auf die Bühne zu gehen und zu sagen, was sie bewegte, da hatte sie keinen einzigen Moment lang an sich selbst und ihren Vorteil gedacht. Es war ihr um Annabell gegangen, um Kim und Bashar und Mohammed, um Bille und Helga und Mama, um Isabella ... um alle, die ihr Leben in den letzten Wochen so unglaublich reich gemacht hatten. Um ihnen etwas zurückzugeben, hatte sie keine Powerpoint-Präsentation gebraucht. Nur Worte, die von Herzen kamen.

Kapitel 15

»Ist das wirklich wahr?«

Sophia, die im Nachbarschaftshaus gerade am Laptop Listen für die Koordination der Freiwilligen erstellte, hob den Kopf. Es gab keinen Büroraum für sie, also hatte sie sich an einem der Tische im Saal platziert. Sie war so vertieft gewesen, dass sie Kim, die freudestrahlend vor ihr stand, nicht hatte kommen hören.

»Was denn?«, fragte sie verständnislos.

»Ich habe gehört, wir bekommen einen Trainer?«

»Na, das hat sich ja schnell herumgesprochen!«

»Annabell hat es mir in der Schule erzählt. Das ist ja so cool!«, jubelte Kim. »Ist das auch wirklich wahr?«

Sophia nickte. »Klar! Es ist übrigens eine Trainerin. Sie heißt Marie und hat früher selbst viel Zeit im Nachbarschaftshaus verbracht. Ihr dürft nicht nur hier, sondern auch in der Skatehalle ihres Vereins mit ihr üben.«

»Wow!«, sagte Kim und schwieg dann andächtig.

Sophia freute sich über das glückliche Gesicht der Kleinen. »Wo du schon einmal hier bist ... Ich habe die ersten

Aufträge für euch. Kannst du Annabell und die anderen, die mitmachen wollen, herholen, damit wir alles besprechen können?«

»Auf jeden Fall! Was haben wir denn für Aufträge?«

Sophia sah in einer ihrer Listen nach. »Frau Schmidt bittet darum, dass ihr ihren Hund dreimal die Woche zum Spielen ausführt, das wisst ihr ja schon. Dann hab ich zwei Leute, die Hilfe beim Einkaufen brauchen. Die haben versprochen, zum Dank euer Taschengeld etwas aufzubessern.«

»Cool!«

»Ihr seid cool«, sagte Sophia. »Hab ich dir schon gesagt, wie dankbar ich euch bin, dass ihr mich beim Fest gerettet habt?«

»Gerettet?«

»Na ja, ich glaube, wenn ihr nicht den Anfang gemacht hättet, wäre meine Rede im Sande verlaufen. Die Besucher waren ziemlich zögerlich. Aber nachdem ihr losgelegt habt, ging der Rest wie von alleine.«

Kim winkte ab. »Das wäre auch so ins Rollen gekommen. Denn deine Idee war richtig gut. Meine Mama hat gesagt, sie hätte beinahe geweint, weil du so tolle Sachen über Weihnachten gesagt hast. Alle waren begeistert.« Dann sauste sie davon.

Sophia lächelte. Froh und erleichtert, dass der Satz des Radiomoderators ihre Flucht abrupt beendet hatte. Dass sie nicht länger gehadert und gezweifelt hatte, sondern ihrem

Herzen gefolgt war. Wie sie das schon längst hätte tun sollen, es aber viele Jahre nicht gewagt hatte.

Am nächsten Morgen hatte sie Lukas angerufen und ihm vom erfolgreichen Weihnachtsbasar berichtet.

»Wie es scheint, verpasse ich eine Menge guter Sachen«, hatte er gesagt.

Sie hatten eine halbe Stunde geplaudert. Als sie aufgelegt hatten, hatte Sophia festgestellt, dass sie vergessen hatte, ihn zu fragen, ob sie einen Flug zu ihm buchen solle, um Weihnachten und den Jahreswechsel mit ihm und seiner Familie in Indonesien zu verbringen.

Doch im Grunde war das nun gar nicht mehr möglich. Bis Weihnachten blieben ihr nur noch wenige Tage und die brauchte sie, um alle Helfer und Hilfesuchenden miteinander zu vernetzen und in Kontakt zu bringen. Was nicht immer leicht war, gerade die älteren Leute verfügten in der Regel nicht über ein Handy oder einen Internetanschluss. Die Aktionen sollten jedoch gleich im neuen Jahr anlaufen, damit der Schwung der ersten Begeisterung nicht verpuffte.

In der Teestube fanden sich die ersten Helfer ein und begannen, sich an ihre Aufgaben zu machen. Nicht jedoch ohne Sophia an ihrem Arbeitsplatz zu besuchen und ein bisschen mit ihr zu plaudern.

»Tolle Weihnachtsfeier.«

»Voller Erfolg.«

»Lauter strahlende Gesichter.«

Die Mitarbeiter der Teestube waren voll des Lobes. Sophia stellte überrascht fest, dass sie sich in ihrem schicken Büro in Mitte nie so wohlgefühlt hatte wie an ihrem improvisierten Arbeitsplatz im Nachbarschaftshaus, der jetzt eher einem Taubenschlag glich.

Maike brachte ihr eine Tasse Tee und ein Stück Kuchen. »Hast du dir verdient«, sagte sie und klopfte Sophia auf die Schulter. »Die erste Lieferung Backwaren ist heute schon eingetroffen. Wer hätte gedacht, dass es so viele hilfsbereite Menschen gibt?«

»Du hast mich ganz verlegen gemacht«, sagte Bille, als die beiden einen Augenblick allein waren.

»Oh ... wieso das denn?«

»Na, das was du gesagt hast ... mit der klugen Frau und so ... das stimmt doch gar nicht. Ich bin doch nur 'ne einfache Schreibkraft gewesen mein ganzes Berufsleben lang.«

Sophia lächelte und umarmte Bille kurzerhand. »Ich hab von dir und den anderen hier in letzter Zeit so viel gelernt. Und von deiner Einstellung könnte sich manch einer eine Scheibe abschneiden. Mich eingeschlossen.«

»Ach was!« Bille winkte ab. »Du bist doch ein patentes Mädchen. Kein Wunder, dass deine Mama so stolz auf dich ist.«

»Ist sie das?«

...

»Ah, da bist du ja!« Sophias Vater öffnete die Tür.

»Bin ich zu spät?«

Er schüttelte den Kopf. »Ich bin auch gerade rein.«

»Hier riecht's ja interessant.« Sophia schnupperte beim Eintreten.

»Agatha kocht ihren Petersilienwein.« Er lächelte. »Ihre Wundermedizin hat nicht wenige Fans, und deshalb will sie zu Weihnachten einige Flaschen verschenken.«

Sophia dachte an Omas einzigartig gewürzten Glühwein, der die Seele wärmte und die Zunge lockerte, und nickte. »Wundert mich nicht. Wo ist Mama?«

»Im Wohnzimmer. Essen ist fertig.«

Sophia kannte die Gewohnheit ihrer Familie, jeden Tag zusammen Abendbrot zu essen – jedoch erst nach 20 Uhr, noch aus der Kindheit, was den Arbeitszeiten im Einzelhandel geschuldet war.

Ihre Mutter war vorhin nach ihrem Einsatz in der Teestube an Sophias Schreibtisch vorbeigekommen. »Du schuftest ja hier, Sophiechen. Guckst kaum einmal auf.«

»Ist doch gut so. Je mehr Unterstützungsangebote, desto besser.«

»Wie lange machst du noch?«

»Bis das Haus schließt.«

Daraufhin hatte Mutter sie zum Abendessen eingeladen. Und Sophia hatte dankend angenommen.

Als sie das Wohnzimmer betrat, erwartete sie ein liebevoll für vier Personen eingedeckter Tisch, auf dem Kerzen brannten und Gläser funkelten. Wie froh war sie, nicht allein essen zu müssen. Ihr Magen knurrte bereits.

»Sophiechen!« Ihre Mutter, den Telefonhörer in der Hand, wirkte sichtlich aufgeschreckt, als Sophia sie begrüßen wollte. »Warte mal!«, rief sie in den Hörer. »Die Sophia ist jetzt da.«

»Hi, Mama!« Mit einem Seufzer ließ sie sich neben ihrer Mutter auf die Couch plumpsen.

»Ich muss jetzt Schluss machen.«

Sophia gab ihr ein Zeichen. Ihretwegen könnte Mutter in Ruhe zu Ende telefonieren. Doch sie verabschiedete sich hektisch und legte den Hörer auf.

»Tut mir leid«, sagte Sophia. »Ich hab dich gestört.«

Mutter winkte ab. »War nicht so wichtig.«

»Mit wem hast du denn gesprochen?«

»Ich?«

Sophia lachte. »Ja, du!«

Mutter lachte mit. »Nicht so wichtig, wie gesagt. Hilfst du mir beim Auftragen?«

Großmutter verkorkte gerade die letzte Flasche ihres Herzweins, als Sophia die Küche betrat. Mutter füllte das lecker duftende Essen in Schüsseln, und wenig später saßen sie zu viert bei Spaghetti mit Tomatensoße und frischem Salat zusammen am Tisch. Vater öffnete eine Flasche Chianti.

»Wie früher«, sagte Sophia, als sie die erste Gabel Nudeln zum Mund führte. »Du hast jeden Abend für uns gekocht.«

Mutter nickte. »Wie schön, dass du dich noch daran erinnerst.«

»Das tue ich wieder«, gab Sophia zu. »Zwischendurch

hatte ich alles verdrängt, ich hatte alles vergessen, was gut und schön und wichtig gewesen ist.«

»Na, na«, beschwichtigte Vater mit seiner tiefen, ruhigen Stimme. »Nun übertreib mal nicht.«

Sophia kämpfte mit den Tränen. »Ich glaube, ich war eine ziemlich undankbare Tochter.«

»Schon gut.« Mutter tätschelte ihren Arm. »Sag mal, was hast du eigentlich an Heiligabend vor?«

• • •

Wenige Minuten nachdem Sophia am nächsten Morgen ihren Arbeitsplatz erreicht hatte, stand Isabella vor ihr.

»Überraschung!«

Sophia war es mittlerweile gewöhnt, mehrmals am Tag die Arbeit zu unterbrechen, um ein bisschen zu plaudern, und nahm es gelassen. »Hi, Isabella, was gibt es denn?«

»Du hast Besuch!«

»Ach ja? Wo denn?«

Isabella zwinkerte. »In meinem Büro.«

»Du machst es aber spannend. Wer ist es denn?«

»Das siehst du ja gleich.«

Sophia wurde ein wenig nervös. So eine Heimlichtuerei sah Isabella nicht ähnlich. »Soll ich …?«

»Unbedingt. Ich mach mich derweil im Haus nützlich.«

»Du kommst nicht mit?«

Isabella schüttelte den Kopf. »Ist nur für dich.«

Jetzt war Sophia wirklich gespannt.

Als sie in das gemütlich eingerichtete Büro trat, wäre sie beinahe zurückgeprallt. Auf einem der Sessel saß Schneemann und blickte sie mit einem undefinierbaren Gesichtsausdruck an. »Guten Morgen, Frau Sommer!«

»Herr Schneemann!« Sie blieb in der Tür stehen, unsicher, was sie tun sollte. »Guten Morgen!« An ihrem Herzklopfen merkte sie, dass sie die turbulenten Ereignisse der letzten Wochen noch immer nicht ganz verdaut hatte. Wie auch? Ihre Arbeit und ihre Karriere waren jahrelang ihr Ein und Alles gewesen. Zudem nagte das schlechte Gewissen an ihr. Sie hätte sich bei Schneemann eigentlich in aller Form entschuldigen müssen. Ihr Patzer hatte nicht nur sie den Arbeitsplatz gekostet, sondern sicherlich auch seine Agentur kurzzeitig in Schieflage gebracht. Meller zu beruhigen war bestimmt nicht ganz einfach gewesen.

Bot sich jetzt die Gelegenheit dazu, reinen Tisch zwischen ihnen zu machen?

Schneemann wies auf einen der freien Sessel ihm gegenüber. »Möchten Sie nicht Platz nehmen?«

Sophia nickte. Ihre Knie zitterten ein wenig. Sie war froh, sich setzen zu können.

»Sie fragen sich sicher, was mich hierherführt.«

»Ja.«

»Ich möchte Sie nicht lange auf die Folter spannen. Es geht um Ihren Auftritt beim Weihnachtsbasar.«

Während ihrer kleinen Ansprache beim Fest hatte Sophia die Anwesenheit von Schneemann und seiner Frau vollkommen ausgeblendet, sonst hätte sie kein einziges

Wort herausgebracht. Schließlich hätte sie seinetwegen beinahe das Nachbarschaftshaus im Stich gelassen.

Nein, nicht seinetwegen. Ihretwegen. Weil sie sich noch immer nicht stark genug fühlte, ihm wieder in die Augen zu sehen, ohne sich zu schämen, weil sie spürte, dass zwischen ihm und ihr das letzte Wort noch nicht gesprochen worden war.

Nun war er hier. Und sie bekam die Chance, die Angelegenheit ein für alle Mal aus der Welt zu schaffen, damit ein Neustart ohne Altlasten für sie möglich war.

»Ich möchte mich bei Ihnen für mein dummes und ignorantes Verhalten entschuldigen«, sagte Sophia und blickte Schneemann fest in die Augen. Es war ihr wichtig, dass er ihr glaubte. »In den letzten Wochen hatte ich viel Zeit zum Nachdenken. Ich würde lügen, wenn ich behaupten würde, dass ich mich gut gefühlt habe. Wenn ich ehrlich bin, war ich am Boden zerstört.«

Schneemann sah sie aufmerksam an und ließ sie reden.

»Offen gestanden, weiß ich heute gar nicht mehr, was eigentlich mit mir los war. Ich ... ich fühle mich, als ... als hätte ich eine Verwandlung vollzogen, als wäre ich endlich wieder bei mir selbst angekommen.« Ob er auch nur ein Wort von dem verstand, was sie redete?

Schneemann nickte. »Den Eindruck hatte ich beim Adventsbasar auch. Und deshalb bin ich hier.«

»Ja?«

»Mir war schon vor längerer Zeit aufgefallen, dass Sie nicht in unsere Agentur gepasst haben.«

Sophias merkte, wie sie rot anlief. Er war also nur gekommen, um endgültig und hart mit ihr abzurechnen. »Herr Schneemann …«

Er hob die Hand, sie schwieg.

»Sie passen nicht in die Agentur, weil sie anders sind. Weil Sie keine Konkurrenz brauchen, um alles zu geben. Weil Sie gut sind, und zwar deshalb, weil Ihnen Ihre Projekte am Herzen liegen. Ich frage mich noch immer, warum Ihnen Ihr eigener Wert nicht klar genug war, um sich von den Machtspielchen der anderen einfach abzugrenzen. Und das, Frau Sommer, das war es, was Ihnen nicht stand.«

Sophia senkte den Kopf. »Ich weiß.« Was sollte sie auch sagen? Ihr ehemaliger Chef hatte in allen Punkten recht. Doch er war noch nicht fertig.

»Zu meiner eigenen Schande muss ich gestehen, dass ich nicht genau hingesehen habe und mir ein kapitaler Fehler unterlaufen ist«, fuhr er fort.

Sophia blickte auf. Was kam denn jetzt?

»Um es kurz zu machen: Ich habe Sie im Stich gelassen, statt Sie zu unterstützen, als ich merkte, was vor sich ging. Und am Ende habe ich die falsche Person entlassen. Ich kann es leider nicht ungeschehen machen, und ich vermute mal, Sie möchten nicht zurückkommen.«

Sophias Herz machte einen aufgeregten Hüpfer. Er wollte, dass sie zurückkam? Ihre Entscheidung stand blitzschnell fest. Sie schüttelte den Kopf. »Bitte verstehen Sie mich nicht falsch. Die Kampagne, die Agentur … Ich hab meine Arbeit geliebt, aber in letzter Zeit ist so viel passiert, so viel, was mich zum Nachdenken gebracht hat und was … was mich verändert hat.«

»Wie sehen Ihre Pläne für die Zukunft aus?«

»Das wiederum weiß ich noch nicht«, gab Sophia ehrlich zu. »Im Moment habe ich genug zu tun, und nach den Feiertagen, wenn alles angelaufen ist und ich nicht mehr gebraucht werde, sehe ich mich nach einer neuen Arbeitsstelle um. Ich möchte … möchte künftig an Projekten und mit Menschen arbeiten, hinter denen ich voll und ganz stehen kann. So wie hier.«

Er nickte. »Beim Weihnachtsbasar waren neben mir noch einige weitere Unternehmer anwesend. Wir sind eine Verbindung von Schöneberger Firmen. Seit Jahren fest organisiert.«

Sophia hörte aufmerksam zu. Worauf er wohl hinauswollte?

»Einmal im Jahr, bei der Hauptversammlung, stimmen wir über ein soziales Projekt ab, das wir mit finanziellen Mitteln unterstützen wollen. Einzige Bedingung: Es muss hier im Bezirk liegen.«

»Sie wollen das Nachbarschaftshaus unterstützen?« Sophia konnte vor Freude kaum an sich halten.

Schneemann lächelte zum ersten Mal, seit sie sich in Isabellas Büro gegenübersaßen. »Korrekt«, sagte er. »Genauer gesagt, werden wir in den kommenden zwei Jahren eine Dreiviertelstelle für Öffentlichkeitsarbeit finanzieren. Allerdings nicht nur für dieses Haus, sondern auch noch für zwei weitere Projekte. Und wir wünschen uns eine Person auf diesem Platz, die es schafft, die Energien, die offensichtlich reichlich vorhanden sind, zu bündeln und nutzbar zu machen. So wie Sie vor wenigen Tagen.«

Sophias Herz begann laut zu klopfen. Natürlich war ihr Schneemanns Wink mit dem Zaunpfahl nicht entgangen. Er bot ihr eine Chance. Sie musste nur zugreifen. Ihre Entscheidung fiel innerhalb von Sekunden. »Wohin darf ich meine Bewerbung senden, Herr Schneemann?«

Kapitel 16

Sophia war ihrer Mutter unglaublich dankbar für die Einladung, die Feiertage im Kreis der Familie zu verbringen. In den letzten Jahren hatte sie sich immer nur vormittags blicken lassen, der Abend war für die Weihnachtsparty mit den Kollegen reserviert gewesen. Das langjährige Gefühl, nicht länger Teil ihrer Familie zu sein und es im Gegenzug auch nicht sein zu wollen, hatte täglich mehr einem entspannten Miteinander Platz gemacht.

Sophia freute sich darauf, an Heiligabend bei ihrer Familie zu sein. Am ersten Feiertag würden alle miteinander zu ihr nach Wannsee zum Mittagessen kommen.

Mutter hatte darum gebeten, dass Sophia sich erst gegen 15 Uhr zum Kaffeetrinken einfinden solle. Zuvor gäbe es zu viel zu tun. Sophias Angebot, ihr bei den Vorbereitungen zu helfen, hatte sie rundheraus abgelehnt. In ihrer Küche wirtschaftete sie an großen Feiertagen lieber alleine. Das war schon immer so gewesen.

Also verbrachte Sophia den Vormittag in entspannter

Stimmung zu Hause. Frühstückte, nahm ein Bad, packte ihre Geschenke für alle ein und fühlte sich zufrieden.

Ihre Bewerbung für die Stelle im Nachbarschaftshaus und den anderen Projekten hatte sie, ohne zu zögern, nur zwei Tage nach Schneemanns Besuch abgegeben. Isabella war ihr begeistert um den Hals gefallen. »Du passt hierher!«, hatte sie gejubelt. »Und im Grunde gehörst du sowieso längst dazu.«

Die Bewerbung war in Isabellas Augen eine reine Formsache. Aber die Vereinigung der Schöneberger Unternehmer wünschte es sich so, und Sophia wollte ihrem Neuanfang mit einer gelungenen Bewerbung Ausdruck verleihen. Sie hatte an jedem Satz des Anschreibens so lange gefeilt, bis er ihr hundertprozentig gefiel.

Sophia war glücklich, alles fühlte sich perfekt an.

Fast perfekt.

Lukas fehlte ihr. Wie gern hätte sie die Feiertage und den Jahreswechsel mit ihm an ihrer Seite verbracht. Mittlerweile telefonierten sie fast jeden Tag miteinander, dankbar, dass es kostenlose Möglichkeiten dafür gab. Sophia ließ ihn an ihren Erlebnissen teilhaben. Ausgerechnet während der Feiertage würden sie leider nicht telefonieren können. Lukas hatte angekündigt, ein paar Tage mit seiner Schwester auf eine Trekkingtour durch eine Gegend zu gehen, wo es keinerlei Handyempfang gab.

Immer ungeduldiger zählte sie die Tage bis zu seiner Rückkehr.

• • •

Als Sophia eintraf, hatten sich bereits alle Familienmitglieder versammelt, wie sich an der Lautstärke, nachdem oben die Tür der elterlichen Wohnung geöffnet worden war, unschwer erkennen ließ. Als Annabell ihr auf der Treppe entgegengesprungen kam, fühlte sich Sophia an das Treffen vor wenigen Wochen erinnert. Wie froh sie war, dass sich seitdem so vieles verändert hatte. Die ihr aufgezwungenen Veränderungen hatten nur Gutes bewirkt.

»Tante Sophiiiiiiiiiiiiiia!«

»Hey, Süße!« Sophia versuchte, ihre Nichte zu umarmen, was angesichts der vielen Tüten, die sie in den Händen hielt, nicht ganz einfach war.

»Ich helf dir tragen.«

In der Tür wartete die restliche Familie, um Sophia zu begrüßen. Sophia fiel ihrer Großmutter, die an diesem Tag 80 Jahre wurde, um den Hals und überreichte ihr einen Strauß feuerroter Amaryllis. »Alles Liebe zum Geburtstag, Omi!« Die Geschenke würde es erst zur Bescherung geben.

Die Kaffeetafel war in der Küche gedeckt. Wie jedes Jahr war das Wohnzimmer versperrt, weil der »Weihnachtsmann«, der wie eh und je Sophias Mutter war, dort seine Geschenke ablegte.

»Kann der Weihnachtsmann nicht mal durch die Tür kommen, Opi?«, fragte Annabell augenzwinkernd.

Der schüttelte den Kopf und sagte ebenso spitzbübisch:

»Ausgeschlossen. Bei uns kommt er immer durchs Wohnzimmerfenster.«

»Und er will dabei nicht gesehen werden«, ergänzte Sophia die familieneigene Weihnachtslegende und freute sich, dass alles so war wie früher. Nur war es nun Annabell, die den Moment, an dem sie ins Zimmer mit dem großen Tannenbaum, den Geschenken und der festlich geschmückten Tafel für das Weihnachtsessen stürmen durfte, kaum erwarten konnte.

Sophia schenkte sich Kaffee ein und nahm sich ein Stückchen Stollen. Während sie aßen und tranken, sah Mutter mehrmals auf die Uhr. Einmal tuschelte sie mit Sophias Vater, dann mit Laura, woraufhin beide Sophia verstohlen musterten und zu gackern begannen. Sophia fiel das merkwürdige Benehmen zwar auf, sie dachte jedoch nicht weiter darüber nach. Zu sehr war sie auf Annabell konzentriert, die wieder mit Appetit aß und begeistert über das erste Treffen mit ihrer Skateboardtrainerin Marie erzählte.

Sophia lächelte. Nachher würde sie ihr Geschenk für Annabell aus dem Auto holen. Sie hatte nicht gewollt, dass ihre Nichte es zufällig sah, anhand der Form erkannte und sofort Bescheid wusste. Es gab niemanden, dem sie ihr altes Skateboard lieber anvertrauen würde als ihr. Laura war eingeweiht und hatte zugestimmt. »In dieser Hinsicht kommt das Kind eindeutig nach dir«, hatte sie lachend gesagt, als Sophia ihr erklärt hatte, wie viel Spaß Annabell am Skateboarden hatte.

»Ist mir eine Ehre«, hatte Sophia grinsend geantwortet.

Nach dem Kaffeetrinken versuchte Vater unauffällig, die Wohnung zu verlassen. Sophia beobachtete, dass er sich seinen Autoschlüssel nahm. »Wohin fährst du?«, fragte sie.

»Ich?«

»Ach ... nur ein paar Meter.«

»Papa, das ist doch keine Antwort.«

»Er muss noch mal in den Laden«, sprang Mutter ihm bei.

»An Heiligabend?«

»Er hat was vergessen.«

Die beiden waren so schlecht im Lügen, dass Sophia lachen musste. Es war doch offensichtlich, dass es dabei um ein Weihnachtsgeschenk ging, was Papa im Laden deponiert hatte und jetzt herangeschafft werden musste.

»Na dann!«

Doch als er nach einer Stunde noch immer nicht zurückgekommen war, begann Sophia sich zu wundern. »Wo steckt denn Papa?«

»Der kommt schon noch«, antworteten Laura und Oma unisono.

»Na ja, davon gehe ich allerdings auch aus«, sagte Sophia, die nicht umhinkam, sich über das seltsame Verhalten ihrer Familie zu wundern.

Als es wenig später an der Tür klingelte und Mutter verzückt »Eieiei, wer das wohl sein wird?« rief, war Sophias Verblüffung komplett.

»Na Papa«, sagte sie. »Der den Schlüssel vergessen hat.«

Der Rest der Familie schien alles normal zu finden und

beachtete Sophias Verwirrung nicht. Sie erhoben sich von ihren Stühlen, um das übliche Empfangskomitee zu bilden. Allen voran stürmte Annabell an die Tür. Sophia folgte ihnen.

Wie erwartet betrat Vater die Wohnung. Doch wie es schien, hatte er noch jemanden im Schlepptau – eine Frau und einen Mann, die Sophia nicht kannte.

Oder doch?

Während sich alle die Hände schüttelten und sich fröhlich begrüßten, dämmerte Sophia, dass sie die beiden sehr wohl schon mal gesehen hatte. Wenn auch nur auf Fotos.

»Oh mein Gott«, hauchte sie. Und trotz der ewig gleich hohen Lautstärke, die herrschte, wenn ihre Familie anwesend war, schienen alle ihr Flüstern gehört zu haben, denn mit einem Schlag war es still im Raum und alle sahen Sophia belustigt an, die völlig fassungslos schien. »Ist das …? Das sind doch …! Das ist nicht wahr, oder?«

Ein fröhlich grinsendes Gesicht erschien im Türrahmen.

»Überraschung geglückt?«

»Lukas!« Eine Zehntelsekunde später lag sie in seinen Armen. Und weinte und lachte und jauchzte vor Freude. »Wo kommst du denn her?«

»Wir hatten Sehnsucht nach weißen Weihnachten«, sagte Lukas.

»Und nach einem richtig schönen Tannenbaum«, ergänzte seine Mutter und lächelte Sophia gewinnend an.

»Ich bin so unhöflich«, sagte Sophia und löste sich von Lukas, um seine Eltern und seine Schwester zu begrüßen.

Noch nie war es im Hausflur der Familie Sommer so voll, so eng und so laut gewesen. Und noch nie hatte sich Sophia so unfassbar glücklich gefühlt.

• • •

Zwei Wochen später stand Sophia im Flur vor dem Spiegel und zupfte an ihrer Bluse herum. »Ich bin schrecklich aufgeregt.«

Lukas sah ihr amüsiert dabei zu. »Du siehst gut aus.«

»Findest du?«

Sein Lächeln wurde noch verschmitzter. Er ging einen Schritt auf sie zu und breitete seine Arme aus.

»Oh nein!«, neckte sie ihn. »Nicht jetzt. Ich muss zur Arbeit!«

»Geht das schon wieder los? Keine Zeit für mich, weil du arbeiten musst?«

»Ganz genau.« Sophia nickte in gespieltem Ernst. »Arbeit geht vor.« Dann kuschelte sie sich an ihn. »Heute Nachmittag bin ich ja schon wieder da und dann feiern wir.«

»Was für ein Tag, oder?«

Sophia strahlte. »Mein erster offizieller Arbeitstag im neuen Job. Und abends die Preisverleihung für unseren Laden. Papa und Omi sind total nervös.«

»Das merkt man ihnen aber gar nicht an. Und der Laden ist wirklich der Hammer. Warum hast du mir eigentlich deine klasse Familie so lang vorenthalten?«

Sophia zuckte die Schultern. »Ich weiß es nicht. Ich weiß

nur, dass ich froh bin, dass jetzt alles anders ist. Dass wir uns alle so gut verstehen, dass du wieder da bist ...«

»Ehe ich es vergesse ...« Lukas ging in die Küche und kam ein paar Sekunden später mit einem Korb zurück. »Ich habe vorhin noch rasch einen Kuchen gebacken. Als Einstand für deine Kollegen.«

»Du bist so süß!« Sophia wurde rot. »Muss ich wieder auf irgendwelche Überraschungen gefasst sein?«

Lukas lachte und schüttelte den Kopf. »Dieses Mal nicht. Ein ganz normaler Streuselkuchen.«

Während Sophia zur S-Bahn lief, dachte sie an die lauten und lustigen Tage, die hinter ihnen lagen. Die beiden Familien hatten die Feiertage und die Zeit zwischen den Jahren zusammen verbracht und viel Spaß miteinander gehabt. Das Ganze gipfelte in einem schönen von Lukas und Sophia ausgerichteten Abschiedsessen an Silvester – Lukas' Familie war an Neujahr zurück nach Indonesien geflogen –, begleitet von Spielen und Feuerwerk um Mitternacht. Kurz nachdem sich alle umarmt und ein frohes neues Jahr gewünscht hatten, war Lukas mit einem von ihm gebackenen Neujahrskuchen aus der Küche gekommen und hatte jedem ein Stückchen serviert.

Beim zweiten Happen hatte Sophia auf etwas Hartes gebissen. Unter großem Gegacker und Gekicher der Familien – wieder einmal hatten anscheinend alle außer ihr Bescheid gewusst – hatte sie ein Schmuckstück aus ihrem Mund geholt. Ein schmaler Goldring, in den ein kleiner blauer Stein eingefasst war.

»Lukas … ich … oh … Ist das …? Ist der … für mich?«

Alle lachten.

»Das ist Paua-Shell aus Neuseeland, Perlmutt, es hat die Farbe deiner Augen.«

»Danke, ich …«

»Ich dachte, dahin könnten wir unsere Hochzeitsreise machen.«

»Unsere … oh, Lukas!«

»Du bist doch sonst nicht so auf den Mund gefallen«, lachte Laura.

»Was sagst du, Tante Sophia?«, fragte Annabell.

»Ja, was sagst du?«, fragte Lukas. »Heiratest du mich und fliegst anschließend mit mir nach Neuseeland? Mit Zwischenstopp in Indonesien natürlich?«

Ausnahmsweise war die, nun um einige Personen angewachsene und demzufolge noch lautere, Familie einmal mucksmäuschenstill. Aber nur für eine Sekunde, so lange bis Sophia endlich in Lukas' Arme flog und »Ja, natürlich! Ja … oh ja!« rief.

Ihr zärtlicher Kuss wurde von lautem Hurra und tosendem Applaus begleitet.

ENDE